Slavik

Für meine Mutter

Piet van Dyke

Slavik

Novelle

Bibliografische Information der Deutschen Nationalbibliothek:
Die Deutsche Nationalbibliothek verzeichnet diese Publikation
in der Deutschen Nationalbibliografie; detaillierte bibliografische Daten sind im Internet über http://dnb.dnb.de abrufbar.

© 2015 Piet van Dyke

Herstellung und Verlag: BoD – Books on Demand,
Norderstedt

ISBN: 978-3-7347-8413-2

I

Er nannte sich Slavik. Das war aber nicht sein richtiger Name, aber so haben ihn alle genannt, jedenfalls die, die ihn gekannt haben. Eigentlich hieß er Slavinski. Er ist nicht alt geworden, nicht einmal für die damaligen Verhältnisse. Vierundfünfzig Jahre und siebeneinhalb Monate. Siebzehn Tage nach Weihnachten wachte er morgens nicht mehr auf. Das war am 11. Januar 1980.

Geboren wurde er Ende Mai 1925. Er war der zweite Sohn der unverheirateten Näherin Slavinski, deren Eltern aus dem osteuropäischen Teil des österreichisch-ungarischen Vielvölkerstaates stammten und die sich Ende des 19. Jahrhunderts in Sachsen niedergelassen hatten. Der Vater, Peter Slavinski, war Uniformschneider gewesen und 1913, ein Jahr bevor Uniformen Sonderkonjunktur bekamen, gestorben. Als die Näherin Slavinski mit Edmund, dem älteren Bruder Slaviks, schwanger war und die Heiratspapiere immer noch nicht eingetroffen waren und der katholischen jungen Frau bewusst geworden war, in welch missliche Lage sie sich gebracht hatte, da beschloss sie, ihrem Leben durch einen dramatischen Sturz in die Spree, die von hier aus ihren weiten Weg nach Berlin nimmt, zu beenden. Doch als sie dann von der Brücke heruntergesprungen und im Wasser gelandet war, da siegten ihre natürlichen Überlebensinstinkte über die theatralische Geste, und ihr fiel sehr schnell wieder ein, dass sie schwimmen konnte. Ansonsten wäre weder sein älterer Bruder noch Slavik selbst auf diese Welt gekommen. Als Slavik geboren wurde, da war jedoch die Liaison mit dem Vater der beiden Brüder längst beendet, und so wuchs er nicht als jüngstes Kind einer vierköpfigen Familie in der Obhut der Eltern auf, sondern wurde von der Näherin Slavinski in ein Waisenhaus gegeben. Und so lebte er die ersten 14 Jahre seines Lebens in der Obhut katholischer Nonnen. An Elternstelle traten die Kirche und die Bräute Christi. Er war siebeneinhalb, als die Weimarer Republik zu Ende ging. 1939, im selben Jahr als der Krieg ausbrach, begann er eine Schneiderlehre und musste in dieser Zeit auch Uniformstücke fertigen. Von Mitte September 1943 – da war er seit drei Monaten 18 Jahre alt – bis zum Kriegsende im Mai 1945 war er Soldat. Nach dem Krieg lebte er zunächst in Sachsen, in der sowjetisch besetzten Zone, da war er Anfang zwanzig, und kehrte dem Osten dann irgendwann im Jahr 1948 den Rücken. Konrad Adenauer verehrte er, und später dann hat er aufseiten eines seiner Nachfolger, Rainer Barzel, Partei genommen, als der den Kanzler, der so wie Slavik selbst unehelich geboren worden war, versuchte zu stürzen. Helmut Schmidt war der letzte Kanzler, den er noch erlebte. Das politische Ereignis, das Weihnachten 1979 die Nachrichten beherrschte, war der Einmarsch sowjetischer Truppen in Afghanistan. Von der Mitte des Jahres 1925 bis zum gerade angebrochenen Jahr 1980 erstreckte sich dieses Leben, von dem vieles im Dunkeln bleibt.

Nachdem er 1948 aus der sich zur DDR formierenden Ostzone weggegangen war, ließ er sich in Westdeutschland am Niederrhein nieder und zwar auf der linken Seite des Rheins. In den Erzählungen, die sich damit befassten, wurde dieser Tatsache nie eine Bedeutung beigemessen. Der Tatsache nämlich, dass der Rhein eines der wichtigsten Hindernisse war, um einer vorrückenden Armee zumindest einen vorübergehenden Halt abzufordern. Diese natürliche Barriere zu überqueren, würde Zeit kosten, und das gab eine gewisse Sicherheit.

Slavik übte sodann den Beruf aus, den er von 1939 bis 1942 erlernt hatte, und arbeitete als Schneider. Er nähte, flickte, kürzte und arbeitete um. Das Vorhandene musste so gut es ging noch genutzt werden, etwas Neues war für die meisten unerschwinglich. Und dann, eines Tages, kam ein Mann in sein Atelier und wollte ihm, der in den letzten Jahren dieses grausamen, zerstörerischen Krieges so viel Elend, Grausamkeit und Tod gesehen hatte, das Leben versichern. Er wollte ihm eine Sicherheit verkaufen, ihm, der nicht davon überzeugt war, dass es sie in dieser Welt überhaupt gab. Doch diese Begegnung veränderte sein Leben.

Es muss an einem nasskalten, trüben Novembernachmittag gewesen sein, als es schon ungewöhnlich früh begann, dunkel zu werden. Da saß der Schneidergeselle Slavik in der schlecht beleuchteten und genauso schlecht beheizten Werkstatt und nähte mit einer der Maschinen, die er mit seinen Füßen antrieb, Nähte in Kleidungsstücke, versuchte die Kälte zu vertreiben und hing dabei seinen Gedanken nach. Er war häufig in der letzten Zeit allein, denn der Meister selbst, dem die Werkstatt gehörte und der ihn vor anderthalb Jahren eingestellt hatte, kam in den letzten Wochen immer seltener ins Geschäft. Denn er litt unter einer bösartigen Erkältung, die sich tief in seinen Körper eingegraben, dort festgekrallt und offenbar beschlossen hatte, nicht mehr zu weichen. Alle Energie hatte sie von ihm genommen, so dass er kaum noch das Bett verlassen konnte.

An diesem Tag, dessen Nachmittag einer der trübsten des Monats war, in dem der Tod auf der Lauer liegt und sich keine Gelegenheit entgehen lässt, in dem die Menschen vorsichtig und demütig sind, sie den Sonntagen Namen wie „Totensonntag" oder „Allerheiligen" gegeben haben und sie sich auf die Friedhöfe begeben, um der Toten zu gedenken und sie zu ehren, veränderte sich das Leben. An diesem Nachmittag nun betrat ein Mann mit Hut und Mantel elegant gekleidet, der Anzug aus feinstem Stoff geschneidert, was der aufmerksame Blick des Slavik sofort registrierte, die Werkstatt. Er war eine stattliche, ja, eine hochherrschaftliche Erscheinung, die sofort das ganze Atelier ausfüllte, in dem Slavik ganz alleine, frierend und verloren saß, seinen Gedanken nachhing und die Maschine mit seinem rechten Fuß antrieb, ihre Bahnen zu ziehen.

Zunächst dachte Slavik, dass wohl eine glückliche Fügung diesen ganz offensichtlich außerordentlich zahlungskräftigen Kunden an seine Wirkungsstätte geführt hatte. Wahrscheinlich stand ihm der Sinn nach einer neuen Garderobe zum Weihnachtsfest, und Slavik rechnete sich bereits aus, was für ein schönes Geschäft das werden würde, was für ihn dabei herausspringen könnte, und dass dann auch für ihn das Christfest gesichert wäre. Der Herr bot ihm erlesene Zigaretten an, eine Marke, die er noch nie geraucht hatte, und sie begannen eine Unterhaltung, in deren Verlauf sich herausstellte, dass der feine Herr nicht gekommen war, um sich etwas von Slavik auf den Leib schneidern zu lassen. Im Gegenteil: Er war gekommen, um ihm, dem Schneidermeister, dem Maitre Tailleur – nämlich dafür hielt er ihn, und Slavik unternahm nichts, um diese Verwechslung aufzuklären – etwas zu verkaufen.

Nein, er wolle dem Schneidermeister auch gar nichts verkaufen, was für ein banaler Ausdruck. Er sei gekommen, ihm einen Gefallen zu erweisen, ihm etwas Gutes zu tun. Und so nahm die Unterhaltung der beiden einen unerwarteten Verlauf, die sich bis in den Abend hineinzog.

Dabei stellte sich heraus, dass dieser elegante, geschmackssichere und mit den Manieren eines Weltmannes ausgestattete Freiherr, der um kein Wort verlegen und mit großem rhetorischen Geschick gesegnet war, eine besondere Art Makler war, ein Vermittler, der Sicherheiten im Auftrage einer Gesellschaft an solche Personen vermittelte, die – so formulierte er es – dieser würdig waren. Mehr als ein Mal betonte er, dass er diese Sicherheiten nicht jedermann anbieten würde, sondern nur solchen Menschen, die dazu passten und die diese Gunst zu schätzen wüssten.

Und je später es wurde, und je weiter der Abend vorrückte, umso interessierter war Slavik, dessen Augen mittlerweile an den Lippen des Freiherrn klebten und der jedes seiner Worte tief in sich aufsog, wie den Rauch seiner feinen Zigaretten.

An diesem Abend begriff Slavik, dass es möglich ist, nur mit der Macht der Worte und den Fertigkeiten der Zunge eine solche Wirkung zu erzielen, die sein Einkommen vervielfachen und ihm zu einem Leben verhelfen könnte, das jenseits der Armseligkeit lag, die die Schneiderei selbst in den besten Zeiten einbringen würde. Slavik kaufte keine Versicherung, er hätte es sich von seinem Gesellenlohn auch gar nicht leisten können. Stattdessen machte er dem Freiherrn zu vorgerückter Stunde – es war bereits stockdunkel draußen – einen Vorschlag: Der Freiherr sollte Slavik das Vermittlungsgeschäft für Sicherheiten, in dem er so überaus erfolgreich war, erklären und ihn in diese Welt und die der rhetorischen Künste einführen; als Gegenleistung würde Slavik ihm einen Anzug aus feinstem Zwirn maßschneidern. Und so wurde in einer dunklen, sternen- und mondlosen Nacht der Pakt besiegelt, und Slavik holte hierzu echten französischen Cognac, den der Meister in seiner Werkstatt gut versteckt glaubte, aber dessen Versteck Slavik schon lange kein Geheimnis mehr war. Und dann verabschiedeten sie sich, und der Fremde stieg in einen modernen Wagen, dessen Marke Slavik nicht kannte, und fuhr in die dunkle Nacht.

Und dann kam der Freiherr in den Wochen vor Weihnachten noch einige Male in das Atelier, damit Slavik Maß nehmen und er die fertigen Teile anprobieren und Slavik in die Geheimnisse der Vermittlung von Sicherheiten einführen konnte. In der Woche vor dem heiligen Fest, es war am Ende des Jahres 1949, kam der Freiherr zum letzten Mal. Er nahm seinen neuen Anzug in Empfang und gab Slavik zum Abschied eine kleine Karte mit einer Adresse und bedeutete ihm, dass er sich dort im Frühjahr des kommenden Jahres melden solle. Dort würde man ihn, den er als einen klugen, aufgeweckten, sprachgewandten, zungenfertigen und gelehrigen Schüler kennengelernt habe, nicht nur noch tiefer in die Geheimnisse und die Kunst dieser besonderen Tätigkeit einführen, sondern ihn auch in die Gilde dieses besonderen Berufsstandes aufnehmen. Er verabschiedete sich, nahm sein Paket, wünschte ein frohes Weihnachtsfest und verschwand. Slavik hat ihn nie wieder gesehen.

Doch Slavik hatte nicht nur für den Freiherrn einen Anzug genäht, sondern aus demselben Stoff auch einen für sich selbst, der dem anderen zum Verwechseln ähnelte. Er war der festen Überzeugung, dass durch diesen Anzug eine geheime Verbindung hergestellt und ein unsichtbares Band zwischen ihnen genäht worden war, so dass sich die Fähigkeiten des Freiherrn auf diese wundersame Weise auf ihn selbst übertragen würden.

Und dann sehen wir Slavik einige Monate später auf einem Schwarz/Weiß-Foto. Ein eleganter Mann mit Hut, den Mantel aufgeknöpft, so dass man darunter den neuen Anzug sehen kann. Es ist der, den er sich aus dem gleichen Stoff und nach dem gleichen Schnitt wie den des Freiherrn geschneidert hatte. Er steht vor seinem in der Sonne glänzenden Mercedes mit einem gewinnenden Lächeln in seinem offenen Gesicht. Und der Optimismus und die Zuversicht liegen in den leicht hochgezogenen Mundwinkeln, deren Botschaft lautet: Hier ist einer, der noch einiges vorhat. Und dann ging es weiter, Schlag auf Schlag, Schritt für Schritt, und zwar nicht in Trippelschrittchen, sondern so, als hätte er sich Sieben-Meilen-Stiefel angezogen. Und wollte man es in Form einer Grafik darstellen, dann würde man es mit dem steil aufsteigenden Chart eines von Erfolg zu Erfolg brausenden Start-up tun.

Die Schneiderei hatte er an den Nagel gehängt. Seit 1951 stopfte er keine Löcher mehr, nähte keine Knöpfe an, arbeitete keine Wehrmachtsmäntel um oder flickte alte Sachen. Er vermittelte Sicherheiten aller Art für Leben, Gesundheit und andere Unwägbarkeiten, und der Erfolg stellte sich ein. Man nahm ihm ab, was er anbot. Man wollte sich nach den Grausamkeiten, den Zerstörungen und all dem Leid endlich in Sicherheit wiegen, man wollte sich eine Zukunft versichern lassen. Und Slavik traf den richtigen Ton, hatte ein feines Gespür für den richtigen Rhythmus, und je erfolgreicher er wurde, umso mehr wagte er auch. Er konnte ein sorgenfreies Leben führen und war weit weg von jener dunklen, kalten Werkstatt, die er Anfang der 50er Jahre verlassen hatte.

Noch war er Junggeselle und lebte allein. Es fehlte ihm eine Frau, um eine Familie zu gründen und als Familienvater den ihm gebührenden Platz in der Gesellschaft einnehmen zu können. Er war schon über dreißig, und es wurde langsam Zeit. Seine zukünftige Frau fand er am westlichen Rand des Ruhrgebiets, nicht weit vom Rhein entfernt, auf der rechten Seite des Flusses. Der Vater der Braut war dort Betriebslokomotivführer gewesen, in einem der gewaltigen Werke, in denen man mit Hilfe der Kohle, die dort überall aus der Erde geholt wurde, und dem Eisenerz, das von den Lastkähnen herbeigebracht wurde, Eisen und Stahl kochte. Er war aber bereits 1944 im vorletzten Kriegsjahr plötzlich und unerwartet an einer Krankheit gestorben. Sie war 27 und lebte zusammen mit ihrer älteren Schwester und ihrer Mutter, der das Haus, in dem sie wohnten, gehörte, und in dem sie ein kleines Geschäft betrieb, das die Familie ernährte, und in dem sie alle mitarbeiteten. Im Juni 1958 wurde geheiratet, und es dauerte genau ein Jahr, bis die Prophezeiung aus dem Buch Epheser, die der Priester in der Brautmesse vorgetragen hatte, sich erfüllte: Der fruchtbare Weinstock trug reife Früchte. Das Erstgeborene war ein Sohn, was Slavik mit besonderem Stolz erfüllte. Und so begann sich auch dieser Wunsch, den er mit Hilfe einer klugen Auswahl an biblischen Texten in die Form einer göttlichen Weissagung gebracht hatte, zu erfüllen, dass nämlich seine Söhne wie Sprossen des Ölbaums rings um seinen Tisch sein würden.

Sie bewohnten eine Dreizimmerwohnung in einer Stadt am Niederrhein, und Slaviks Aufstieg setzte sich fort. Er nahm ein Jahr nach der Geburt des ersten Kindes das Angebot einer anderen, dynamischeren und längst viel erfolgreicheren Gesellschaft an, eine, die ihm und seinen Fähigkeiten mehr bieten konnte. Dort setzte er ab August 1960 seine Karriere im Geschäft mit den Sicherheiten und dem Wechsel auf die Zukunft fort, und der Chart blieb weiter nach oben gerichtet. Im Dezember desselben Jahres wurde sein zweiter Sohn geboren. Die Plätze am Tisch füllten sich und im März 1962 nahm Sohn Nr. 3 Anlauf, dort Platz zu nehmen und bahnte sich seinen Weg aus der Mutter Schoß.

Einen kleinen Knick bekam die unaufhörlich nach oben gerichtete Kurve, als Slavik einen schweren Autounfall hatte: Er war bei Glatteis gegen einen Baum gefahren. Es war um die Weihnachtszeit, und ob die alkoholgetränkte Sorglosigkeit zwischen den Tagen dafür mit ursächlich war, ist nicht überliefert. Mit schweren Verletzungen kam er ins Krankenhaus und musste dort einige Zeit lang behandelt werden. Den drei Söhnen versprach er – das entsprach seiner Art von Humor – jedem aus dem Krankenhaus eines der Insignien seiner Heilung mitzubringen: Das Gipsbein dem einen, den einem Helm ähnelnden Kopfverband dem anderen und die Drähte, die an die Stelle seiner Zähne getreten waren, dem Dritten. Doch der Unfall blieb Episode. Mit Tochter Nr. 1, die sich im Dezember 1964 als Kind Nr. 4 dazugesellte, füllte sich der Tisch weiter, die Dreizimmerwohnung war längst zu klein, und so baute Slavik ein eigenes Haus und zwar hinter den sieben Bergen und noch hinter dem Drachenfels rheinaufwärts, dort wo sich der Westerwald zwischen Sieg, Lahn und Rhein ausgebreitet hatte und wo über seinen Hügeln und Höhen ein kalter Wind pfeift und wo die Sonnenstrahlen, so sagt man, tief ins Herz hineinscheinen. Dort, weit, weit weg von seinem Revier, in dem die Gesellschaft ihm Bestandsschutz zugesichert hatte, baute er sein Refugium, seine kleine Burg, auch wenn die Mauern und die Zugbrücke unsichtbar blieben.

Der Hausbau begann 1964, und an den Wochenenden wurde der Baufortschritt begutachtet, und die Kinder spielten auf den ringsum aufgetürmten Erdhügeln. Mit dem Haus traute sich Slavik sogar auf die rechte Rheinseite. Die Bundesrepublik hatte schon seit einigen Jahren wieder eine Armee, sie war außerdem mit Amerika und den anderen Ländern des Westens verbündet, und der Osten würde es jetzt bestimmt nicht mehr wagen.

Von hier oben, von seiner Burg aus, fuhr er jeden Tag die 100 Kilometer hinunter und besuchte Handwerker, Bäcker, Metzger, Landwirte, kleine Unternehmer und andere Selbstständige. Alle, die selbst für ihre Zukunft sorgen und an sie glauben mussten. Während Sparen nach Verzichten klang, erhielt das Zahlen monatlicher Raten für die Versicherung einer Zukunft ein ganz anderes Flair. Es war eine Mischung aus Sorglosigkeit und Sicherheit, denn ab Vertragsabschluss wäre das Leben zwar nicht vor dem Tod geschützt, aber zumindest die Hinterbliebenen abgesichert. Sie würden die gesamte Versicherungssumme erhalten, auch dann, wenn erst ein Teil – und sei es auch nur ein Bruchteil davon – eingezahlt worden war. Für den Fall der Fälle war das Leben versichert, so dass die Hinterbliebenen die vereinbarte Summe in jedem Falle erhielten.

Slavik musste nur gegen die Propheten der Unsicherheiten ankämpfen, gegen die Prediger der Apokalypse, die den 3.

Weltkrieg an die Wand malten und die sagten: *"Es geht eh alles in die Luft"* oder die andere Sorte von Angsthasen, die die Rote Armee schon am Rhein sahen und fragten: *"Und was passiert, wenn die Russen kommen, und die Kommunisten dann die Macht ergreifen, so wie im Osten?"* Dem musste er etwas entgegensetzen, und das mit den Jahren immer stärker wirkende Argument war der rasante wirtschaftliche Aufstieg des vormals zerstörten Landes, das sich außerdem in politisch stabilen Verhältnissen eingerichtet hatte und Teil einer mächtigen Militärallianz geworden war.

Slavik bekam Prozente als Provision für seine Vermittlungen, die er seine Produktion nannte. Er wurde nicht nach Stunden, sondern nach Erfolg bezahlt. Er erhielt zwar einen monatlichen Vorschuss, aber der wurde mit dem, was er tatsächlich produzierte, Monat für Monat verrechnet. Er war seines Glückes Schmied, er hatte es in der Hand. Aber das hieß auch, Durststrecken durchstehen und mit Misserfolgen fertig werden zu müssen. Manchmal war es wie verhext, und er kam wochenlang zu keinem Abschluss, er hatte das Gefühl, dass gar nichts mehr geht, dass das Glück ihn verlassen und er eine Pechsträhne hat. Dann beneidete er im Stillen seinen Schwager, der einer geregelten Bürotätigkeit nachging, mit festem Gehalt, bezahlten Urlaubstagen, Arbeitslosenversicherung, Rentenversicherungsansprüchen und regelmäßigen Gehaltserhöhungen.

Und dann war es so, dass er sich vor Aufträgen kaum retten konnte und ihm die Verträge aus den Händen gerissen wurden, wie Aktien in der Hochphase einer Hausse. Dann verachtete er seinen Schwager, der die Euphorie solcher Augenblicke nicht kannte, die einem so viel Adrenalin und Energie gaben, dass man noch mutiger wurde, noch mehr versuchte und einem immer noch mehr gelang. Es war wie eine Glückssträhne am Spieltisch und mehr als einmal wurde er für seine Produktionsleistungen sogar gesondert ausgezeichnet und prämiert.

1965 wurde das neue Haus bezogen. Es war groß, es war modern, und es passte so gar nicht in dieses Westerwälder Dorf und diese ländlich-bäuerliche Umgebung. Und gekrönt wurde all das schließlich durch die Geburt des 5. Kindes, der zweiten Tochter, im September 1967.

So war aus dem armen Schneider, der 1948 mit seinen wenigen Habseligkeiten aus der Ostzone an den Niederrhein gekommen war, innerhalb von fast zwanzig Jahren ein erfolgreicher Vertreter geworden, der nicht nur einer siebenköpfigen Familie vorstand, sondern sogar ein eigenes Haus besaß und damit ein ganz ansehnliches Anwesen sein eigen nannte.

Doch das Jahr 1967 wurde bereits überschattet von aufziehenden Wolken. Adenauer, der Architekt der wirtschaftlichen und politischen Stabilität des Landes, war im April 1967 gestorben. Er war seit 1963 kein Bundeskanzler mehr, und als er starb, hatte die Union ihre absolute Mehrheit bereits verloren und nicht nur das. Sie musste zusammen mit der SPD in einer Koalition regieren. Und mit dem Tod des Gründervaters dieser Bundesrepublik kamen plötzlich Kräfte wieder zum Vorschein, von denen man angenommen hatte, dass sie gar nicht mehr existierten. An den Universitäten begann es unruhig zu werden. In West-Berlin gab es immer häufiger Demonstrationen und heftige Auseinandersetzungen zwischen Studenten und der Polizei. Anfang Juni 1967 wurde dort sogar ein Student erschossen. Und diese Unruhe setzte sich fort, ja sie steigerte sich sogar noch: Ostern 1968 kam es zu den schwersten Straßenschlachten, die die Bundesrepublik bis dahin gesehen hatte, nachdem ein Anführer der Studenten in West-Berlin bei einem Attentat lebensgefährlich verletzt worden war. Selbst die Auseinandersetzung um die Integration in die westliche Militärallianz Anfang der 50er Jahre, als die Kommunisten noch ein nennenswerter Faktor in der politischen Auseinandersetzung gewesen waren, hatte nicht ein solches Ausmaß an Heftigkeit erreicht.

Slavik hatte darauf gebaut, dass es immer so weiter gehen würde, dass die Reihe der Kanzler, angefangen bei Adenauer über Erhard und Kiesinger von den Christdemokraten, die er als die eigentlichen Begründer und Verteidiger der Bundesrepublik betrachtete, fortgesetzt würde.

Die Veränderungen der politischen Rahmenbedingungen betrafen auch ihn, seine Geschäfte und seine Produktion. Diskussionen und Entwürfe, die das Materielle für unwichtig erklärten, die den schnöden Mammon, das Streben nach Geld, nach Erfolg und Wohlstand als den Tanz um das goldene Kalb ablehnten, setzten auch seinem Geschäft zu. Der Zeitgeist maß den Träumen mehr Bedeutung zu als der Realität. Es entstanden Märkte für politische Träumereien und für Substanzen, mit deren Hilfe sich künstliche Traumwelten wie auf Knopfdruck erschaffen ließen. Während die Kurse für die verschiedenen Derivate von Träumen, Utopien und Heilsversprechen in die Höhe schossen, sanken sie für die Produkte, die Slavik im Angebot hatte.

Und so flachte im letzten Drittel der 60er Jahre der Chart seines Erfolges deutlich ab. Die Wachstumsraten der vergangenen Boom-Jahre kamen nicht mehr zurück. Sie blieben Hoffnung und wurden immer blasser werdende Erinnerung. Aber als er das Haus gebaut hatte, da hatte er damit gerechnet, dass es immer so weitergehen, dass die Kurve weiter so steil nach oben zeigen würde. Den ersten kleinen Knick hatte er für eine Verschnaufpause gehalten, eine Konsolidierung, um dann von dort aus erneut zu ungeahnten und bis dahin unerreichten Höhen aufzusteigen. Aber es waren nicht nur seine Wachstumsraten, die schwächelten, es war die gesamte Konjunktur, die nicht mehr zurückfinden wollte zu jenem Wachstum, das vielen nach dem Krieg wie ein Wunder erschienen war.

Und er hatte seine früheren Wachstumsraten hochgerechnet und kalkulierte bereits mit den in Zukunft angenommenen Einnahmen. Denn das Haus, das er gebaut hatte, war viel teurer geworden, als er es ursprünglich einmal geplant hatte. Eine Viertelmillion war schließlich mindestens zusammengekommen, den genauen Überblick hatte er verloren. Damit war das Budget weit überschritten, überall klafften Löcher, die er gedanklich mit den angenommenen Einnahmen einer besseren Zukunft gestopft hatte.

Der Hausbau war heillos unterfinanziert gewesen. Dem Bauunternehmer konnte er nur einen Teil der erbrachten Leistungen bezahlen und musste ihm zur Sicherheit einen Anteil an seinem Haus überschreiben. Das Hypothekendarlehen von seiner Gesellschaft in Höhe von 100.000 DM hatte überhaupt nicht gereicht. Und auch das darüber hinaus zusätzlich gewährte persönliche Darlehen in Höhe von 50.000 DM konnte die

Löcher nicht stopfen. Dieses persönliche Darlehen war wie ein Dispokredit, den die Gesellschaft ihm gewährt hatte und dessen Limit in den folgenden Jahren immer weiter erhöht wurde. Slaviks Plan war es gewesen – und so lautete auch die Absprache mit der Gesellschaft –, die gewährten Kredite sukzessive aus seinen Provisionsüberschüssen abzutragen. Aber diese Überschüsse waren nicht so groß wie erhofft, und es mussten außerdem noch die Zinsen, die bei rund neun Prozent lagen, bezahlt werden. Das Defizit wucherte wie ein Krebsgeschwür immer weiter. Er konnte ziehen, wie er wollte, die Decke war zu kurz.

Der tägliche Fahrweg von seiner Burg in sein Revier betrug mindestens 200 Kilometer, wenn man Hin- und Rückweg berücksichtigte. Das kostete Zeit und Energie. Und abends wurde es bei den Kunden meist spät, denn sie hatten erst abends nach Feierabend Zeit, sich mit Versicherungsfragen zu beschäftigen. Und nicht selten gab es bei den Metzger-, Bäcker- und anderen Handwerksmeistern noch den ein oder anderen Schnaps, und dann war Slavik immer noch viel zu aufgekratzt, um nach Hause zu fahren. Er kehrte noch in irgendeiner Kneipe ein, bevor er sich auf den Heimweg machte.

Die finanzielle Lage war wegen des Hausbaus angespannt und der Druck, der auf ihm lastete, wurde größer. Die Gläubiger wollten ihr Geld und betrieben bereits die Zwangsvollstreckung. Und so mag das der Grund gewesen sein, dass es bei den zwei Gläsern Bier zum Abendessen nicht blieb, sondern es immer später wurde. Seinem Rechtsanwalt schrieb er zwei Monate später: *„Es scheint, als ob ich vom Teufel geritten werde und so brauche ich schon eine starke Hand. Bitte entziehen Sie mir diese nicht, ich kippe ansonsten um."* Es war im Februar 1968, in der Nacht von einem Montag auf einen Dienstag gegen zwei Uhr in der Frühe, da geriet er mit seinem Mercedes in eine Polizeikontrolle. Den Polizisten fiel er auf, weil er in Schlangenlinien fuhr, und so nahmen sie ihn mit auf die Wache, wo er sich einer ausführlichen Alkoholkontrolle unterziehen musste.

In seinem Schreiben an das für den Vorgang zuständige Gericht beteuerte er später, unschuldig zu sein. Die Tatsache, dass er ins Schlingern geraten war, erklärte er mit einer nicht richtig geschlossenen Beifahrertüre, die er während der Fahrt zugezogen habe, wodurch der Wagen kurzzeitig vom Kurs abgekommen sei. Dem Vorwurf der Fahruntüchtigkeit wegen Alkohols hielt er entgegen, dass er keineswegs so alkoholisiert gewesen war wie behauptet, denn er habe sich mit den Polizeibeamten auf der Wache noch ausgiebig über Versicherungs- und Versorgungsfragen unterhalten können. Strafmildernd führte er gegenüber dem Gericht außerdem noch an, dass es ihm gelungen war, die Beamten dazu zu bewegen, ihm die Autoschlüssel und die Kfz-Papiere wieder auszuhändigen, so dass er seine Fahrt fortsetzen konnte.

Doch die Lage war so eindeutig und der festgestellte Alkoholgehalt im Blut so hoch, dass der Führerschein für einige Monate eingezogen werden musste und er einen Fahrer brauchte. In dieser Zeit lernte er Schorsch kennen, der ihn eine Zeitlang durch die Gegend chauffierte.

Die finanziellen Probleme nahmen zu. Auf unbezahlte Rechnungen folgten Zahlungsbefehle, und auf nicht bezahlte Zahlungsbefehle folgten Pfändungsbeschlüsse, die der Gerichtsvollzieher überbrachte. Die Gläubiger ließen nicht locker. Das Verfahren zur Zwangsvollstreckung des Hauses wurde bereits knapp drei Jahre nach Fertigstellung eingeleitet. Doch Slavik gab nicht auf. Mit List und unter Ausnutzung zahlreicher rechtlicher Spielräume gelang es ihm, den Prozess, an dessen Ende die Zwangsversteigerung des Hauses stehen würde, Jahr für Jahr hinauszuzögern, immer in der Hoffnung, dass ihm der ganz große Abschluss doch noch gelänge, der ihn mit einem Schlag aus diesem Schlamassel herausholen würde.

Als schließlich der Gerichtsvollzieher immer häufiger zu Besuch kam, auch mit den geschicktesten Ausreden nicht mehr zu täuschen sowie längst alles zu spät war und nur noch ein Wunder helfen konnte, da kratzte er das letzte Bargeld zusammen und fuhr in den Süden von Frankreich. Er nahm seine Frau, den ältesten Sohn und die älteste Tochter mit – den Rest der Familie überließ er der Obhut der Schwiegermutter –, um nach Lourdes zu fahren. In Lourdes hatte Mitte des 19. Jahrhunderts eine junge Frau namens Bernadette Marien-Erscheinungen gehabt. Bei einer ihrer Visionen wurde ihr eine Quelle offenbart, der man daraufhin heilende Kräfte zusprach und wo man den Weisungen ihrer Erscheinungen gemäß eine Kirche errichtete. Förderhin wurde von zahlreichen Wunderheilungen berichtet, und die Zahl der Pilger, die hier Wunder, Linderung und Heilung erhofften, wuchs über die Jahrzehnte, und im Dezember 1933 wurde Bernadette sogar heiliggesprochen.

Doch so sehr Slavik, seine Frau und die beiden Kinder auch beteten und Wasser aus der heilenden Quelle tranken: Das Wunder trat nicht ein. Kein Lottogewinn, kein fetter Fisch, der Slavik ins Netz ging, und auch kein Entgegenkommen der Gläubiger. Die Zwangsvollstreckung war nicht mehr aufzuhalten. 1971 war es endgültig aus, und das Haus wechselte den Besitzer. Der neue Eigentümer war ein Fabrikant aus dem gleichen Dorf. Anfang September wurde das Haus geräumt, und die Familie zog in einen Vorort von Düsseldorf.

Aber der Hausverlust entschuldete Slavik nicht. Zwar war die Hypothek der Gesellschaft in Höhe von 100.000 DM damit weg, aber es blieben viele andere Schulden bestehen. Sein persönliches Darlehen bei der Versicherungsgesellschaft, das fast an der 100.000 DM Grenze kratzte, das wurde dadurch nicht abgelöst. Genauso wenig wie die Schulden, die er bei dem Bauunternehmer hatte. Ein normaler Hausverkauf mit der notwendigen Zeit im Rücken hätte vielleicht einen deutlich höheren Verkaufspreis erzielt, aber dafür war es längst zu spät. Auch andere Optionen wie eine Vermietung oder ähnliches kamen nicht mehr in Frage. Der Weg zum geordneten Rückzug war längst versperrt. Slavik hatte sich in den Thermopylen eingegraben und auf das Ende gewartet.

Der Gesellschaft waren die finanziellen Schwierigkeiten, in denen Slavik steckte, jetzt überdeutlich geworden und sie begann Vorsorge zu treffen, um das Geld, das sie ihm geliehen hatten, nicht zu verlieren. Immerhin hatte sie durch die Zwangsvollstreckung noch einen Großteil der Hypothek retten können. Jetzt musste sie sich darum kümmern, dass keine weiteren Verluste eintraten. Und so begann sie, den Druck auf Slavik immer weiter zu erhöhen. Sie wollte, dass er Anstalten machte, seine Schulden zurückzuzahlen und seine finanziellen Dinge zu ordnen. Er hatte alle Möglichkeiten, seine finanziellen Verhältnisse wieder ins Lot zu bringen. Er hätte mit der Gesellschaft eine Vereinbarung zur Rückzahlung seines Darlehens treffen können, er hätte eine Zeitlang einen Teil seiner Provisionseinkünfte für die Schuldentilgung verwenden können, dann wäre er nach vier bis fünf Jahren, und wenn er mehr Abschlüsse erreichen würde, sogar deutlich früher diese Schulden los geworden. Die Familie hätte sich eine Zeitlang einschränken müssen, das teure Internat, das er für seine drei Söhne bezahlte, hätte er von der Ausgabenliste streichen und zwei der drei Autos, die er besaß, verkaufen müssen. Doch nichts davon war für ihn akzeptabel und auch das Angebot seiner Frau, eine Arbeit anzunehmen, lehnte er kategorisch ab. Er weigerte sich, irgendein Entgegenkommen zu zeigen. Obwohl er sich der Gesellschaft gegenüber vollkommen ausgeliefert hatte und ohne jegliche Alternative auf ihr Wohlwollen angewiesen war, begann er nun auch noch, in der Gesellschaft, für die er arbeitete und die ihm ein regelmäßiges Einkommen sicherte, ihm all das Geld geliehen hatte, seinen Feind zu sehen. Und er begann zu glauben, dass einige Menschen, die für die Gesellschaft arbeiteten, sie dazu benutzen würden, um ihn zu vernichten.

Slavik war nun ununterbrochen auf der Suche nach neuen Möglichkeiten und schmiedete immer neue Pläne. So wie damals, als aus dem Schneider der Vermittler von Sicherheiten geworden war, wollte er nun durch eine erneute Verwandlung eine neue Stufe, ein neues Level, erreichen. Ein Nachgeben, und damit ein Eingehen auf die Forderungen der Gesellschaft, kam für ihn nicht in Frage.

Nein, er war nach wie vor davon überzeugt, dass er eine vorübergehende Pechsträhne hatte, und dass es schon bald wieder aufwärts gehen würde. Sein Gott, davon war er fest überzeugt, würde ihn nicht verlassen.

Und tatsächlich: Im Herbst 1971 eröffnete sich eine neue Möglichkeit. Sie war, wenn man es richtig anpackte, wie ein Jackpot und bot alle Chancen, ihn aus dem Schuldenturm zu befreien und seine finanziellen Probleme zu lösen.

Er hatte nämlich einen Landwirt kennengelernt, der ganz in der Nähe von Düsseldorf über ein Anwesen von vier Bauernhöfen mit insgesamt 80 Morgen verfügte. Das waren rund

200.000 qm Land, und um sich die Größe klar zu machen, stellte er sich vor, 500 m in die eine und 400 m in die andere Richtung zu gehen, das ungefähr waren 80 Morgen. Dieser Grundbesitz, der als landwirtschaftliche Nutzfläche einen Wert von rund 300.000 DM hatte, würde, wenn daraus Bauland entstünde, mindestens drei Millionen DM – wenn nicht sogar ein Vielfaches davon – wert sein. Für die Vermarktung dieser Fläche sicherte sich Slavik exklusiv alle Rechte und schloss mit dem Landwirt einen Maklervertrag, der mit einer entsprechenden Provisionsvereinbarung verbunden war.

Der Plan war es, dieses Land an zahlungskräftige Investoren wie Wohnungsbauunternehmen, Großkonzerne oder ähnliches zu verkaufen. Man musste darauf dringen, dass die politischen Entscheidungsträger diese Äcker zu Bauland erklärten, und dann musste das Land in handhabbare, vermarktbare Grundstücke aufgeteilt werden. Man musste Verkaufsprospekte erstellen und kaufbereite Investoren finden. Und Slavik hatte nicht nur das Glück, jenen Landwirt kennengelernt zu haben, nein, er hatte auch ein Jahr vorher bereits einen echten Grafen kennengelernt, der Rechtsanwalt und Notar war. Mit seiner Hilfe – mit Hilfe seines wohlklingenden Namens, seines Titels und seines Einflusses, von dem Slavik fest überzeugt war, dass der Graf ihn hatte – würde das Land in kürzester Zeit zu Bauland erklärt werden, und der Verkauf der Parzellen würde wie von selbst erfolgen. Ja, dass man die Investoren nicht mühsam suchen müsste, sondern dass sie Schlange stehen würden.

Hatten der Hausverlust und die finanziellen Sorgen zu einer gewissen Niedergeschlagenheit geführt, so fasste er nun neuen Mut. Ja, er sah in dem Erscheinen des Großbauern und des Grafen in gewisser Weise eine Wiederholung jenes Zusammentreffens, das damals im düstern November 1948 stattgefunden und sein Schicksal auf solch wundersame Weise gewendet hatte. War es göttliche Fügung? War dies das Wunder, für das er so inständig gebetet hatte? War dies das Ende seiner Pechsträhne? Es konnte ja nicht sein, dass er in diesem Spiel immer nur die schlechten Karten erhielt, und immer nur die falschen Nummern gezogen wurden. Das Blatt war dabei sich zu wenden, und der Himmel begann sich aufzuhellen.

Es war Anfang Oktober 1971, als Slavik an einem Betriebsausflug der Bezirksdirektion seiner Gesellschaft teilnahm. Es war ein Freitag, und auf dem Programm stand eine Rheinfahrt in Richtung Bad Godesberg und noch ein Stück darüber hinaus. Man kehrte hier und dort ein, trank Rhein-, Mosel- und Ahrweine, aber die eigentlich erwartete und erhoffte fröhliche Stimmung wollte nicht aufkommen. Man machte dafür schon sehr schnell die mangelhafte Organisation des Bezirkschefs verantwortlich. Als man gegen 17 Uhr in Altenahr war, da wollte eine Gruppe, zu deren Wortführer Slavik sich gemacht hatte, aufbrechen und mit dem Taxi nach Düsseldorf zurückkehren, um dort irgendwo hinzugehen und so wenigstens den Abend dieses, wie man fand, missglückten Betriebsausfluges doch noch zu retten. Die Gruppe der Unzufriedenen ließ sich doch noch umstimmen, bei den anderen zu bleiben, weil in Aussicht gestellt wurde, nach der Rückkehr gemeinsam in Düsseldorf irgendwo einzukehren. Und so begann an diesem Spätnachmittag die Verwandlung Slaviks vom einfachen Teilnehmer des Betriebsausfluges zum Regisseur und Anführer einer Revolte, während der Bezirksdirektor, den alle nur Dezug nannten, eine immer traurigere Figur abgab. Ein Verwaltungsmensch, der in geordneten Abläufen dachte, aber dem Esprit, Elan, Stil, Geschmack und vor allem Phantasie fehlten.

Es entwickelte sich im Laufe des Nachmittags die Dynamik einer 20-köpfigen Gruppe, die nun den natürlichen Anführer auf ein Schild hob und dem formalen Chef mehr und mehr die Gefolgschaft verweigerte. Zum neuen Anführer entwickelte sich immer mehr der trinkerprobte Slavik; irgendwann war er derjenige, der Vorschläge machte, die auf allgemeine Zustimmung stießen, der schließlich die entsprechenden Anordnungen erteilte, der den Ton angab und auf den die anderen hörten. Er war der Chef geworden und erteilte die Befehle. Er wurde zum Mittelpunkt dieses Tages, er war es, mit dem man reden wollte, dessen Nähe man suchte und bei dem man sich bei dieser Gelegenheit gerne über die Bezirksdirektion und ihre organisatorische Unfähigkeit ausließ.

Sicherlich hatte die Euphorie über das neue Projekt die Perspektive, endlich alle Schulden loszuwerden und sich auch aus der Abhängigkeit von dieser Gesellschaft mit der Bezirksorganisation, von der er nichts hielt und mit der er nun unterwegs war, zu befreien, seine herausfordernde, ja geradezu rebellische Haltung begünstigt.

Der Bezirksdirektor selbst ließ den Rollentausch offenbar bereitwillig über sich ergehen, er gab seinen Platz her und ordnete sich widerspruchslos unter. An diesem Abend war er auch ganz froh, nicht mehr den Chef spielen zu müssen. Dazu hatte gewiss auch die fortschreitende Trunkenheit beigetragen, die ihn sich bereitwillig in die Hände einer anderen Macht begeben ließ und ihn von der eigenen Verantwortung entband.

Slavik übernahm seine Funktion, agierte in seinem Namen und wähnte sich auch im Besitz der entsprechenden Handlungsvollmacht für die finanziellen Verpflichtungen, so dass er, kaum in Düsseldorf angekommen, ohne große Umwege die Goldacher Stuben ansteuerte. Dieses Restaurant war eines der besten und teuersten im weiten Umkreis. Ohne vorherige Reservierung erhielt man hier keinen Tisch, deshalb hatte er bereits telefonisch von unterwegs eine Tischbuchung in Auftrag gegeben. Nach dem Betreten des Restaurants musste man zunächst darauf warten, dass man an einem bestimmten Tisch platziert wurde. Der Ton war gedämpft, hier ging es nicht laut zu, Musik rieselte aus kaum sichtbaren Lautsprechern und hielt sich im Hintergrund. Man spielte Ray Conniff und Bert Kaempfer. Instrumentalmusik, Gesang war selten. Es war Orchestermusik, bevorzugte Soloinstrumente waren Trompeten, manchmal Gitarren. Es gab kein lärmendes Schlagzeug, kein harter Beat störte die Ruhe, stattdessen fegte ein Besen über die Drums. Es war ein Klangteppich, der die letzten störenden Geräusche, die der weiche Textilbelag, der den Boden bedeckte, zurückgelassen hatte, aufsaugte. Die Musik strahlte Modernität, Weltläufigkeit und Internationalität aus und wurde ergänzt durch gedämpftes Licht, indirekte Beleuchtung und Lampen, die aussahen, als würden sie aus Raumschiffen einer fernen Zukunft stammen. Die Polster der Stühle, Sessel und Sitzecken wurden durch weinrote Farben bestimmt, kombiniert mit dunkelbraunen Tönen, die fast ins Schwarze gingen und das Aussehen der Stuhlbeine und Tische bestimmten.

Ein Stück dieser Welt hatte Slavik in seinem eigenen Haus im Westerwald verwirklicht und das Ganze mit Kamin und schwarz-weißer Fototapete ergänzt. Auch dort gab es indirekte Beleuchtung und dunkle, weinrote Bezüge. Das war vermutlich ein Grund dafür, dass ihm dieses Restaurant auf Anhieb so sehr gefallen hatte. Und da er seine eigene kleine Welt gerade verloren hatte und er die Mitarbeiter und Kollegen nicht mehr in sein Haus einladen konnte, so war dieser Ort der angemessene Ersatz, bildete die Kulisse, vor der er nun den Chef und Hausherrn spielen und gleichzeitig seine neue Rolle schon vorwegnehmen konnte.

Und als der Bezirksdirektor, der ein solch teures Restaurant in seinem engen Budget, das für den Betriebsausflug festgelegt worden war, niemals hätte unterbringen können, sogar Frau und Sohn nachkommen ließ, weil er sich plötzlich von Slavik eingeladen wähnte, da war der Rollentausch perfekt.

Man aß und trank, und Slavik, der häufiger hier verkehrte und den man mit Namen kannte und per Handschlag begrüßte, gab den Gastgeber, er sprach Empfehlungen aus und gab Bestellungen auf und jeder, der ihn inmitten dieser Gesellschaft agieren sah, musste annehmen, dass es sich bei ihm um den Chef dieser Firma handeln müsse. Als es schließlich schon weit nach Mitternacht war und der Alkohol seine ihm eigene Wirkung mit aller Macht entfaltet hatte, auch der trinkerprobte Slavik war schon stark mitgenommen, auch wenn er die anderen noch um Längen überragte, und der eigentliche Chef dieses Ausfluges, nämlich der Bezirksdirektor, nicht mehr fähig war zu sprechen oder gar einen Stift zu halten, da war es Slavik, der sich zumindest ideell im Besitz der Prokura glaubte, und der kurzerhand die Rechnung mit seinem Kürzel „*Sla*" abzeichnete, damit alle nach Hause gehen konnten, um in Ruhe ihren Rausch auszuschlafen.

Als Slavik dann endlich in seinem Bett lag, es war bereits früher Samstagmorgen, da ließ er in seinem Rausch noch einmal die Bilder des Abends vor seinen Augen vorbeiziehen, und er war ganz und gar zufrieden mit sich und mit der neuen Rolle, die er als faktischer Chef gespielt hatte.

An diesem Abend in den Goldacher Stuben war er der Boss gewesen, er hatte endlich die Position einnehmen können, die ihm eigentlich gebührte. Und der Bezirkschef Dezug war im Verlaufe des Tages immer handlungsunfähiger und kleinlauter geworden und hatte sich schließlich ganz und gar verloren und war vollkommen betrunken gewesen.

Die Hemmungen seiner Mitarbeiter waren von Stunde zu Stunde gesunken, und ihre Unterwürfigkeitsbekundungen, mit denen sie ihm gegenüber im normalen Berufsalltag die Anerkennung seiner Autorität und Position demonstrierten, waren verschwunden. Sie hatten an diesem Abend zwar nicht aufgehört, in ihm ihren Chef zu sehen, aber sie hatten damit Pause gemacht. Ihre Zustimmung und Unterstützung hatten sie ihm im Verlaufe des Tages immer weiter entzogen, bis sie dann in den Goldacher Stuben ganz und gar verschwunden waren. Ihre Sympathien hatten sie an diesem Abend einem anderen zugewandt. Slavik war in der Gunst der Gruppe immer weiter gewachsen und immer größer geworden, und er hatte sich bereitwillig und ohne Widerspruch auf dieses Schild heben lassen. Ihm gefiel es, an diesem Abend der Chef zu sein, dem die Zuneigung der Gruppe gehörte, eine Zuneigung, die seine natürliche Autorität anerkannte und die mit der Bereitschaft verbunden war, sich ihm bereitwillig unterzuordnen. Eine Bereitschaft, die nicht durch eine formale Rangordnung erzwungen werden musste, sondern sich vom Naturell seiner Persönlichkeit leiten ließ.

„Das hättet ihr an mir als Chef gehabt!", dachte Slavik, *„Ich hätte euch von vornherein in solch erstklassige Lokalitäten wie die Goldacher Stuben geführt und nicht in diese billigen Kneipen und Pinten, die der knauserige Bezirkschef in seinem Budget vorgesehen hatte. Das hättet ihr an mir als Chef gehabt, aber ich werde euch bald verlassen."*

Und dann sah Slavik vor sich dieses gewaltige Areal mit einem riesigen Rohbaukomplex bebaut vor sich stehen, und die Bilder der Feier in den Goldacher Stuben gingen über in die Bilder der Richtfestfeier und er schüttelte die Hände des Architekten und die der Bauleute und die des Verlagschefs, der hier seine neue Zentrale erbauen ließ. Und man bedankte sich bei ihm dafür, dass er dieses wunderbare Areal vermittelt und damit diesen Bau erst möglich gemacht hatte. *„Und warum sollte nicht einer der großen deutschen Verleger hier ...?"* Und dann war Slavik mit diesem letzten Gedanken selig lächelnd eingeschlafen.

II

An einem Dienstag in der zweiten Oktoberwoche des Jahres 1971 betraten gegen 17.30 Uhr zwei junge Männer ein Juweliergeschäft in der Spandauer Altstadt. Sie gaben vor, den Wert einer Brosche schätzen zu lassen. Doch die 20-jährige Verkäuferin war gerade mit anderen Kunden beschäftigt und hatte keine Zeit für die beiden. Eine halbe Stunde später, es war bereits kurz vor Ladenschluss und kein Kunde war mehr im Geschäft, da gingen die beiden erneut in das Schmuckgeschäft in der Carl-Schurz-Straße. Bei den beiden handelte es sich um den 24-jährigen Georg G., von allen nur Schorsch genannt, und den 27-jährigen Thomas F., der Tom genannt wurde. Sie ließen sich Schmuckstücke in der Preisklasse von 500 Mark zeigen. Plötzlich sagte der Ältere: *„Es reicht jetzt!"*, und beide zogen Pistolen aus ihren Taschen. Sie sperrten die Verkäuferin in die Toilette ein und drohten ihr: *„Wenn Du nicht noch mindestens fünf Minuten wartest, dann wird Dir etwas zustoßen!"* Sie rissen die Telefonschnur aus der Wand und nahmen zwei Etuis mit Schmuck, ein Kästchen mit Ringen sowie das gesamte

Bargeld aus der Kasse mit. Schließlich verließen sie hastig das Geschäft und fuhren mit einem VW-Käfer davon.

Als die in der Toilette eingesperrte Verkäuferin die Türglocke hörte, wusste sie, dass die Räuber den Laden verlassen hatten. Sie befreite sich und löste Alarm aus. Währenddessen flüchteten die beiden jungen Männer über die Heerstraße in Richtung Charlottenburg. Unterwegs setzte Schorsch seinen Komplizen an einer S-Bahn-Station ab. Der nahm ein Etui mit Ringen mit, der Rest der Beute blieb im Wagen.

Da die beiden das Schmuckgeschäft so hastig verlassen hatten, war ein Passant auf sie aufmerksam geworden. Der hatte sich auch das für Berlin ungewöhnliche niedersächsische Nummernschild gemerkt und gleich die Polizei informiert. Als Schorsch in der Höhe des Theodor-Heuss-Platzes fuhr, kam ihm bereits ein Polizeiauto entgegen, das sofort mit quietschenden Reifen wendete und die Verfolgung aufnahm. Ungefähr in der Höhe des Funkhauses Masurenallee bei der Messe Berlin, kurz vor dem Kaiserdamm, erreichte ihn der Polizeiwagen und keilte ihn auf der rechten Fahrbahn zum Bordstein hin so ein, dass er nicht weiterfahren konnte. Schorsch ergab sich angesichts der gezückten Dienstwaffe. In dem Wartehäuschen einer Bushaltestelle wurde er von den Polizisten durchsucht, die daraufhin bei ihm eine Schreckschusspistole und ein Fläschchen Äther sicherstellten. Im Pkw befanden sich außerdem 2.100 DM Bargeld und Schmuck im Werte von 50.000 DM. Schorsch wurde auf die Polizeiwache gebracht und legte dort sofort ein umfassendes Geständnis ab, bei dem er auch den Namen seines Komplizen und dessen Spandauer Adresse verriet. Als man ihn in Handschellen ins Untersuchungsgefängnis nach Moabit brachte, wurde er von Reportern vor der Polizeiwache fotografiert. Schorsch versuchte zwar noch, sein Gesicht wegzudrehen, aber auf den Fotos war er trotzdem gut zu erkennen. Die Bilder von ihm, der Beute, dem VW-Käfer und seinem Komplizen erschienen am nächsten Tag zusammen mit der Schilderung des Tathergangs in den Tageszeitungen West-Berlins.

Und während Schorsch bereits in Moabit in U-Haft saß, wurde nach seinem Komplizen Tom mit Hochdruck gefahndet. Der geriet daraufhin in Panik und entschloss sich, auf möglichst spektakuläre Weise aus dem Leben zu scheiden. Am Mittwochmittag begab er sich deshalb gegen 13 Uhr auf das fast 100 Meter hohe Europa-Center, um von dort oben herunterzuspringen. *„Sie sollen mich nicht lebend kriegen!"*, erklärte er, auch einen Abschiedsbrief trug er bei sich. Sechs Stunden lang turnte er oben auf dem Europa-Center herum und hielt die Menge, die das Spektakel von unten beobachtete, mit seinen akrobatischen Einlagen in Atem. Mal kletterte er an den Sims, dann klammerte er sich nur noch mit den Händen an der Brüstung fest, dann kehrte er wieder auf die Plattform zurück. Mehrere Pfarrer, darunter einer aus der nahegelegenen Kaiser-Wilhelm-Gedächtniskirche, und Psychologinnen redeten stundenlang auf ihn ein. Schließlich gab er gegen 19 Uhr auf, nachdem eine Kindergärtnerin, die in der Nähe arbeitete, an seine Verantwortung für seine Tochter, an der er sehr hing, appelliert hatte.

Tom stammte aus dem Rheinland, war Kassenrevisor, geschieden, und seine Tochter lebte bei seiner Exfrau. Er war erst vor einigen Monaten nach Berlin gekommen und hatte hier Schorsch, den er aus der Düsseldorfer Altstadt kannte, wiedergetroffen. Und weil sie beide dringend Geld brauchten, hatten sie sich zu dem Überfall entschlossen.

Ursprünglich wollten sie ein Schmuckgeschäft in der Schlossstraße in Steglitz überfallen, aber das erwies sich bei der genaueren Planung aufgrund verschiedener Gründe als wenig geeignet.

Eine Düsseldorfer Boulevardzeitung berichtete vier Monate später, Anfang Januar 1972, unter der Überschrift *„Bankkaufmann raubte Juweliergeschäft aus!"* von dem Überfall und wusste in dem Artikel mitzuteilen, dass der 24-jährige Düsseldorfer Bankkaufmann Georg G., der zusammen mit einem 28 Jahre alten Kassenrevisor den bewaffneten Raubüberfall verübt hatte, *„in einschlägigen Kreisen der Altstadt als Hascher und Fixer bekannt"* war, und dass er nun in der U-Haftanstalt Moabit auf seinen Prozess wartete. Vermutliches Motiv für den Überfall: *„Georg G. und der mit ihm befreundete Kassenrevisor hatten kein Geld mehr, um sich genügend ‚Stoff' zu besorgen."*

Einige Monate vorher war Slavik zusammen mit seiner Frau und einigen seiner Kinder in genau diesem Europa-Center gewesen. Die Kinder hatten dort zum ersten Mal in ihrem Leben Chinesisch gegessen und versucht, mit Stäbchen anstatt mit Messer und Gabel zurechtzukommen. Der Besuch im Europa-Center hatte am Ende eines Berlinaufenthalts gestanden. Anstatt in einem Hotel zu wohnen, hatte Slavik seine Frau und drei seiner Kinder in diesen Sommerferien in einem Krankenhaus im West-Berliner Stadtteil Steglitz einquartiert. Den Kindern wurden die Mandeln herausgenommen, Slavik ließ sich am Kiefer operieren, der seinerzeit bei dem Autounfall stark verletzt worden war, und seine Frau unterzog sich einer Totaloperation.

Es war wahrscheinlich 1968, als Slavik Schorsch in irgendeinem Lokal in der Düsseldorfer Altstadt, in dem er damals verkehrte, kennengelernt hatte. Er selber war 43 Jahre alt, doppelt so alt wie der 21-Jährige. Schorsch war Bankkaufmann und arbeitete in der Düsseldorfer Zentrale einer Großbank. Im Sommer 68 war er eine Zeitlang als Fahrer für Slavik tätig, dem man wegen einer Alkoholfahrt den Führerschein für einige Monate abgenommen hatte.

Über den genauen Charakter der Beziehung zwischen den beiden wissen wir nichts Beweisbares. Keiner der beiden hat sich im Detail dazu geäußert. Aber in Slaviks Leben tauchten immer wieder junge Männer auf. Er suchte ihre Gesellschaft, er suchte das Gespräch, nahm junge Anhalter mit, lud sie ein und machte ihnen Geschenke. Seiner Frau gegenüber erklärte er, dass er Mitleid mit ihnen habe und ihnen helfen müsse.

Schon einige Zeit nach seiner Hochzeit lernte Slavik bei einem Urlaub auf den Kanarischen Inseln Francesco kennen, er war einer der Kellner in dem Hotel, in dem er mit seiner Frau wohnte. Im folgenden Jahr fuhr er dann alleine in das gleiche Hotel und verbrachte den Urlaub mit Francesco, während seine Frau und seine Kinder zu Hause blieben. Und zum Dank schenkte er Francesco sogar einen VW-Käfer, den er eigens auf die Kanarischen Inseln verschiffen ließ.

Hierzu passt auch die Geschichte von einer Karnevalsverkleidung in der ersten Hälfte der 60er Jahre. Es war zu der Zeit, als gerade der Film „Charleys Tante" mit Peter Alexander in der

Hauptrolle in den Kinos lief. Slavik rasierte sich gründlich, schminkte sich, setzte eine Perücke auf, zog ein Kleid an und streifte lange Handschuhe über, um die kräftigen, haarigen Hände zu verbergen. Er genoss diese Travestie, es gefiel ihm, als Mann in der Verkleidung einer Frau die Männer mit seinem frivolen, doppelbödigen Spiel scharf zu machen. Und es gefiel ihm, wie sehr die, die doch genau wussten, dass er es war, der in der Verkleidung steckte, auf dieses Spiel eingingen.

Dann lernte er Schorsch kennen, und später teilten sie sich sogar eine gemeinsame Wohnung in Düsseldorf. Wohnten oder lebten sie damals zusammen? Slavik kam nur noch am Wochenende nach Hause in den Westerwald. Als Grund dafür wurden der weite Fahrweg und der lange Arbeitstag genannt.

Das Strafrecht war Anfang Mai 1969 noch unter der Regierung des CDU-Kanzlers Kiesinger geändert worden. Ab dem 1. September 1969 war Homosexualität zwischen Erwachsenen nicht mehr strafbar. Und so pendelte Slavik zwischen Schorsch und seiner Familie, er stellte Schorsch seiner Frau und seinen Kindern sogar vor und lud ihn in sein Haus in den Westerwald ein.

Der vaterlos aufgewachsene Schorsch, der, bevor er in die Düsseldorfer Wohnung gezogen war, bei seiner Mutter gelebt hatte, suchte vielleicht Halt und einen Vaterersatz. Dass Schorsch drogensüchtig war, bemerkte Slavik wahrscheinlich zunächst gar nicht. Doch lange konnte Schorsch es vor ihm nicht verbergen, denn es war kostspielig, Haschisch und Heroin zu besorgen. Das normale Gehalt eines Bankangestellten reichte dafür nicht aus. Und als er die Abhängigkeit bemerkte, in der sich Schorsch befand, da sah er es vielleicht als seine Aufgabe an, dem jungen Mann zu helfen. Um die kostspieligen Drogen und anderes zu finanzieren, bewegte sich Schorsch in einem sehr zwielichtigen Milieu, und auch aus dem wollte Slavik ihn herausholen.

Im März 1970 schrieb er an einen Gebrauchtwagenhändler, der hinter dieser Fassade seiner eigentlichen Tätigkeit im Milieu als Zuhälter nachging und mit dem Schorsch irgendwie zu tun hatte, einen Brief, in dem er die Bezeichnung *„Kfz-Händler"* in Anführungszeichen setzte und diesen aufforderte,

Schorsch in Zukunft in Ruhe zu lassen und ihn für seine Welt abzuschreiben:

"Wir wissen von Ihnen über Ihre Haupt- und Nebenberuflichen-Tätigkeitsgefilde und außerdem über die jüngste ‚Loddelei' um einen Porsche. Es geht nicht an, daß wegen dieser Sauereien eine prinzipielle Ordnung umgestoßen wird und Herr G. [Gemeint ist Schorsch] tagelang von seiner beruflichen Tätigkeit fernbleibt. Zudem sind diese Vorgänge kriminell und ich bin gehalten, dieserhalb die Staatsanwaltschaft anzugehen. Von einer solchen Anzeige werden wir ausschließlich im Interesse für Herrn G. zunächst absehen, weil wir der Meinung sind, dass er grundsätzlich von dieser Ihrer Welt abgehen möchte. Sollten wir dagegen von irgendeinem weiteren Kontakt erfahren, - geschweigedenn Herrn G. stößt das geringste zu, - dann sollen Sie wissen was rasch hier zur Durchführung kommt. Ich kenne die gesamte Bandbreite der Gesetzmäßigkeit innerhalb der Prostitution und Zuhälterei und wenn Ihnen von mir etwas erspart werden soll, dann lassen sie schleunigst die Finger von Herrn G und bestellen Sie diese Empfehlungen an Ihre Herren ‚Kollegen'. Ich messe mich dabei zwar nicht mit Ihrem Bizeps, sondern bediene mich einer anderen Kraft."

Slavik wollte Schorsch also aus diesem Rotlichtmilieu herausholen, und er wollte ihn von den Drogen loskriegen. Möglicherweise gab er ihm auch Geld für Drogen, vielleicht nahm er selbst sogar welche, um Schorsch zu beweisen, dass man stark genug sein konnte, um ihnen zu widerstehen, und dass einem starken und gesunden Mann wie Slavik Haschisch und Heroin nichts anhaben konnten. Es gibt keine Anhaltspunkte dafür, dass Slavik selbst in den Strudel der Sucht geraten ist. Fest steht jedoch, dass er in jener Zeit an Gelbsucht erkrankte, eine Krankheit, die unter anderem beim gemeinsamen Benutzen des Spritzbestecks übertragen wird und im Drogenmilieu deshalb nicht selten vorkommt.

Wurde Slavik für Schorsch also Vaterersatz und Liebhaber in einem? Einer, der für ihn sorgte und den er ganz für sich haben wollte. Vielleicht machte Schorsch ihm zuliebe dann sogar einen Entzug. Denn Slavik hatte einen Weg gefunden, wie der Entzug mit Hilfe der Krankenversicherung, deren Policen er vermittelte, finanziert werden konnte. Man musste nur beim Abschluss der Versicherung die Drogensucht und jeglichen Hinweis darauf verschweigen, keinen der Ärzte nennen, mit denen Schorsch in diesem Zusammenhang Kontakt hatte und auch sonst keine Möglichkeit der Nachprüfbarkeit geben. Denn beim Abschluss einer Versicherung werden sogenannte „Vorerkrankungen" ausgeschlossen und um eine solche handelte es sich ja bei seiner Sucht.

Und Slavik, der mit dem Prozedere bestens vertraut war, wusste Auskünfte in der Form zu erteilen, dass es keinerlei Hinweise auf die Drogensucht gab und auch kein Arzt in den Versicherungsunterlagen erwähnt wurde, der möglicherweise dazu hätte Auskunft erteilen können.

Auf diese Weise gelang es, den Entzug in einer teuren Spezialklinik in Ahrweiler, einem Ort der Eifel, durchzuführen. 18.000 DM hatte die Behandlung schließlich gekostet, und die Versicherung hatte sie bezahlt.

Doch trotz des Entzugs war Slavik nicht bereit, seine Familie für Schorsch zu verlassen. Und für Schorsch wurden die finanziellen Schwierigkeiten, in denen Slavik steckte, immer offensichtlicher, und ihm begann klar zu werden, dass die Stärke Slaviks nur vorgetäuscht und viele seiner Versprechen leer waren.

Irgendwann wird es dann wohl zum Zerwürfnis zwischen den beiden gekommen sein, und Schorsch ging nach West-Berlin. Im Sommer 1971 folgte Slavik ihm in die Stadt, wahrscheinlich wollte er ihn für sich zurückgewinnen. Als Vorwand für die Berlin-Reise dienten medizinische Notwendigkeiten, und so organisierte er einen Krankenhausaufenthalt für den Großteil der Familie in der Stadt. Dabei nutzte er wohl die Gelegenheit, Schorsch in seiner Charlottenburger Wohnung aufzusuchen und versuchte, ihn zur Rückkehr nach Düsseldorf zu bewegen. Aber es gelang ihm nicht.

Drei Monate später sorgte Schorsch mit dem Raubüberfall für Schlagzeilen. Allerdings war er nicht so erfolgreich wie die Baader-Meinhof-Leute, die im September 1970 in Berlin an einem einzigen Tag drei Banken auf einmal überfallen und dabei über 200.000 DM erbeutet hatten. Nein, Schorsch war ein Dilettant, und wenn dieser stümperhafte Überfall irgendeine Botschaft beinhaltete, dann wohl die, dass er lieber bereit war, ins Gefängnis zu gehen, als zu Slavik zurückzukehren.

Die Düsseldorfer Boulevardzeitung, die Anfang Januar 1972 über den Überfall in Berlin berichtete, wies dabei auch auf die Drogensucht von Schorsch hin, die als das zentrale Motiv der Tat galt. Trotz des Rückfalls nach dem kostspieligen Entzug hielt Slavik dennoch an ihm fest und schrieb ihm im Januar 1972 in das Untersuchungsgefängnis nach Berlin Moabit, redete ihn mit *„Lieber Schorsch"* an und zeigte ihm eine Lösung für seine Probleme mit der Krankenversicherung auf, die den Entzug finanziert hatte, deren Beiträge Schorsch nun nicht mehr zahlen konnte und für die Slavik tätig war.

Doch Schorsch wollte mit Slavik nichts mehr zu tun haben, er wollte auch seine Hilfe nicht mehr, sondern den endgültigen Bruch. Und so ließ er eine Prostituierte aus einem Eros-Center von der Hamburger Reeperbahn in der Rechtsabteilung der Krankenversicherung anrufen und dort ausrichten, dass er mit Slavik nichts mehr zu tun haben wolle. Der Anruf erfolgte am selben Tage, an dem Slavik den Brief an Schorsch wegen der Probleme mit den offenen Versicherungsbeiträgen geschrieben hatte. Doch Slavik, der zu diesem Zeitpunkt von dem Theater noch nichts wusste, das Schorsch bei der Gesellschaft hatte veranstalten lassen, wollte die Angelegenheit, um keinen Argwohn zu wecken, möglichst geräuschlos aus der Welt schaffen und bezahlte die offenen Krankenkassenbeiträge in Höhe von 3.000 DM für Schorsch. Als Slavik jedoch zehn Tage später von dem Telefonanruf erfuhr, da wurde ihm endlich bewusst, was er bis dahin nicht hatte wahrhaben wollen: Schorsch wollte von ihm loskommen, und dabei verursachte er auch noch einen solchen Wirbel, der leicht den Argwohn der Krankenversicherung hätte wecken können, so dass man dem Versicherungsbetrug, mit dem der Drogenentzug finanziert worden war, auf die Spur gekommen wäre.

Einige Tage später, am 20. Januar 1972, richtete Slavik einen letzten Brief in dieser Angelegenheit nicht mehr an Schorsch persönlich. Nein, er richtete ihn an dessen Rechtsanwältin und erwähnte Schorsch darin auch nur noch mit dem Anfangsbuchstaben seines Nachnamens und schrieb: *„Die kriminelle Energie, mit der Ihr Mandant noch heute für sich alles zu erledigen* *hofft und selbst vom Knast aus noch Gift verspritzt, wird ihm früher oder später von selbst vergehen. Mit Herrn G. werde ich künftig in anderer Weise beschäftigt werden und habe daher heute meinen Anwalt damit beauftragt, gegen Herrn G. nunmehr auf dem Klagewege vorzugehen."*

Damit war die Beziehung der beiden endgültig beendet. Wobei letztlich unaufgeklärt bleibt, welcher Art sie genau war. Waren es väterliche Gefühle für einen labilen jungen Mann, der – so wie Slavik selbst – ohne Vater aufgewachsen war? Oder war es eine erotische Beziehung, die durch den Anruf einer anderen „Eros-Braut" beendet wurde?

Slavik hat einige Zeit später einmal seinem ältesten Sohn gegenüber gesagt, dass Schorsch ihm seine Familie habe wegnehmen wollen. Der Sohn hatte das so gedeutet, dass Schorsch wohl versucht hatte, sich als Hausfreund an die Mutter heranzumachen. Aber auf die Idee, dass Schorsch und Slavik ein Paar gewesen sein könnten, und der Satz damit eine ganz andere Bedeutung gehabt hatte, dass nämlich Schorsch den Vater ganz für sich alleine hatte haben wollen und ihm so die Familie weggenommen hätte, war er damals nicht gekommen.

Schorsch wurde wegen des Berliner Raubüberfalls zu einigen Jahren Gefängnis verurteilt. Er und Slavik haben sich nie wiedergesehen. Auch unter den Trauergästen auf Slaviks Beerdigung ist er nicht gewesen. Er ist einfach aus seinem Leben verschwunden.

III

Schorsch lag nun hinter ihm. Letztlich hatte er ihn doch nur ausgenutzt. All das Geld, das er für ihn bezahlt, die Entziehungsklinik, die er für ihn organisiert und die Versicherungsbeiträge, die er für ihn ausgeglichen hatte, allein zum Schluss über 3.000 DM. Und was war der Dank? Er ließ eine Nutte aus einem Puff auf der Reeperbahn bei der Versicherung anrufen und dort ausrichten, dass er mit ihm nichts mehr zu tun haben wolle. Ausgerechnet eine Nutte und in einer Form, die jegliche Diskretion vermissen ließ. Ja, es war offenbar beabsichtigt, dass man in der Rechtsabteilung der Versicherung mitbekommen sollte, wer hier in wessen Auftrag anrief und in welchen Kreisen Slavik verkehrte. Aber da hatte er die Versicherungsbeiträge schon bezahlt, die Konten ausgeglichen, und das Geld, das er selbst dringend brauchte, war weg. Er schrieb noch einen letzten Brief in Sachen Schorsch und zwar an dessen Anwältin in Berlin, und darin erwähnte er seinen Namen schon nicht mehr, sondern reduzierte ihn auf den Anfangsbuchstaben des Nachnamens. Nein, mit Schorsch, diesem labilen Jungen, diesem Schlappschwanz, der wegen ein paar tausend Mark zum Verbrecher geworden war, der dann auch noch so blöd war, sich sofort erwischen zu lassen, alles ausplauderte und sogar seinen Komplizen an die Polizei verriet, war er fertig. Nicht mal den Mund konnte der halten. Mit ihm war er fertig. Er musste jetzt nach vorne gucken. Vor ihm lag dieses neue, gewaltige Projekt, dafür brauchte er alle Energie, und dabei wäre Schorsch ihm sowieso keine große Hilfe gewesen. Ja, es war eigentlich gut, dass er sich nicht mehr um ihn kümmern, nicht mehr auf ihn aufpassen und von den Drogen fernhalten musste. Das würden jetzt die Strafvollzugsbehörden machen.

Vor ihm lag das ganz große Immobiliengeschäft. Auf dem riesigen Areal vor den Toren der Landeshauptstadt konnte man eine ganze Trabantenstadt hochziehen, einen weitläufigen Hotelkomplex errichten oder eine Konzernzentrale bauen. Es war ein gewaltiges Anwesen, das durch einen Federstrich zu einer Goldgrube werden würde. Aus wertlosem Ackerland würde durch die behördliche Entscheidung, es in Bauland zu verwandeln, über Nacht wertvoller Investitionsgrund. Dasselbe Stück Erde, eben noch dreckig, erdig und braun, würde im nächsten Augenblick gülden glänzen, und wie durch Zauberhand würden aus 300.000 DM drei oder sogar 30 Millionen Mark. Und er hatte den Alleinvertretungsauftrag für die Verwertung dieses Areals, und den hatte er schriftlich und notariell beglaubigt. Dafür würde er eine schöne, fette Provision erhalten. Wenn er sich in seiner Phantasie die Höhe der zu erwartenden Provision ausrechnete, dann war es mindestens eine Million, wenn nicht sogar noch mehr. Und das war doch wie ein Sechser im Lotto. Dann würde er sich ein neues Haus kaufen, er würde sich aus dieser elenden, unwürdigen Abhängigkeit von der Gesellschaft befreien, die mit ihren Forderungen nach Klärung immer lästiger wurde und sich auch aller anderen Gläubiger entledigen.

War die Aussicht auf dieses neue vielversprechende Projekt der Grund dafür, dass er nun auch keinen Anlass mehr sah, sich finanziell einzuschränken, weil ja jetzt alles nur noch eine Frage der Zeit war? Lieh er sich deshalb Anfang März 1972 von den beiden Brüdern Gockel, die gemeinsam ein Bauunternehmern betrieben, 25.000 DM? Als Sicherheiten gab er die Fahrzeugbriefe von den drei Pkws, die er besaß: Einen VW-Käfer, den seine Frau fuhr, einen Ford Capri, den Slavik selbst benutzte, und einen Porsche, den er für einen jungen Mann gekauft hatte, der zeitweise mit in seinem Haus wohnte und wohl so etwas wie ein Nachfolger von Schorsch war. Slavik wusste, dass das Glück zu ihm zurückgekehrt war, dass er nun wieder gewinnen würde. Er war zurück im Spiel. Der Herrgott hatte ihm lediglich eine seiner Prüfungen geschickt, wie er es gelegentlich tut, um die Loyalität seiner Anhänger zu testen. Und verglichen mit anderen war er ja noch recht glimpflich davongekommen. Es war nur ein Haus, das er verloren hatte, dafür würde nun ein neues Glück kommen.

Doch anstatt das geliehene Geld dazu zu verwenden, um in das neue Immobilienprojekt zu investieren, Lobbyarbeit zu betreiben, damit die politischen Entscheider das Land auch wirklich zu Bauland erklärten, Verkaufsprospekte zu erstellen, Flurkarten zeichnen zu lassen, die Parzellierung der Flächen zu betreiben und Fachleute mit dem entsprechenden Know-how anzuheuern, fuhr er im Juli erst einmal mit seiner Familie für vier Wochen in die Sommerferien. Für den Flug nach Mallorca und den Aufenthalt in einem Drei-Sterne-Hotel mit Vollpension zahlte er 7.000 DM. Dass das Darlehen der Gebrüder Gockel Ende Juni fällig gewesen wäre, ignorierte er. Er ließ den Rückzahlungstermin verstreichen und genoss den Urlaub.

Vielleicht war er sich sicher, dass aus den Äckern bald Bauland würde und er den gesamten Grundstückskomplex auf einen Schlag an einen finanzstarken Investor würde verkaufen können und er sich deshalb die Mühen und Kosten für einen aufwendigen Verkaufsprozess sparen konnte. Auch eine kostspielige Parzellierung des Areals, die nur mit hohen Notar- und Grundbuchkosten verbunden war, schien ihm verzichtbar, genauso wie die Einflussnahme auf die politischen Entscheidungsträger der Stadt. Wenn er den richtigen Käufer präsentieren würde, dann würde man ihm schon den Weg ebnen. Im März hatte er deshalb bereits an einen der großen deutschen Verleger in West-Berlin einen Brief geschrieben und ihm das Areal angeboten: *„In unmittelbarer Nähe des Stadtkerns von Düsseldorf"*, so schrieb er, *„liegt ein Areal von ca. 700.000 qm bisheriger landwirtschaftlicher Nutzfläche. Die jetzigen Grundeigentümer haben mir den Alleinvertretungsauftrag für* die Verwertung dieser Liegenschaft gegeben und es steht außer Frage, daß hier einmal der schönste Stadtteil von Düsseldorf entstehen könnte. Bevor ich diese Grundflächen aber den hier maßgeblichen Wohnungsbaugesellschaften anbiete, möchte ich mit Ihnen bzw. Ihrem Hause folgende Idee durchsprechen. Unter Berücksichtigung aller zwingenden wirtschaftlichen Überlegungen, könnte in der Tat auf diesem Gebiet ein geistiges Zentrum entstehen."* Und er entwickelte in dem Schreiben den Vorschlag, hier eine Stiftung des Verlages zu errichten, wies auf die Nähe zur Universität hin, schrieb von geistiger Orientierung in diesen Zeiten, in denen es insbesondere der Jugend an der richtigen mangele und übertrieb die Größe des Areals bei der Gelegenheit gleich um das 3,5-fache. Er war fest überzeugt, dass der Verleger zugreifen und die Kugel auf die Zahl rollen würde, auf der seine Jetons lagen. Er musste nur abwarten. Dass die Antwort auf sich warten ließ, wertete Slavik als ein gutes Zeichen, dass man nämlich seinen Vorschlag ernsthaft prüfe und für einen Plan B sah er keinen Grund.

Doch einige Wochen nachdem er aus dem Urlaub zurückgekehrt war, da waren bereits wieder dunkle Wolken aufgezogen. Die Gebrüder Gockel hatten nicht sehr lange gewartet und einen Rechtsanwalt beauftragt, die Schuld einzutreiben. Erneut musste Slavik sich frisches Geld besorgen, bevor der Rechtsstreit weiter eskalierte und für ihn weitere Kosten entstanden. Mitte September gelang es ihm, sich erneut einen größeren Betrag zu leihen. Dieses Mal vom Bezirkschef Dezug, der 26.000 Mark zur Verfügung stellte. Da der Bezirkschef um seine finanzielle Schieflage allzu gut Bescheid wusste, lieh er nicht ihm das Geld direkt, sondern Petersen, einem Freund Slaviks, und ließ sich im Gegenzug dafür von diesem einen Scheck als Sicherheit geben. Damit hatte Slavik sich erst einmal wieder Luft verschafft, jedoch auch nicht für lange, denn als Dezug versuchte, den Scheck einzulösen, stellte sich heraus, dass ihm die Deckung fehlte. Der Scheck platzte und es entwickelte sich ein weiterer Rechtsstreit, ausgerechnet mit dem Bezirksdirektor seiner Gesellschaft, mit dem er fast täglich zu tun hatte.

Nun kann man an dieser Stelle Mutmaßungen darüber anstellen, um was für ein merkwürdiges Geschäft es sich gehandelt haben musste. War es die Absicht von Slavik und seinem Freund, den Bezirkschef zu betrügen, ihn mit diesem Dreiecksgeschäft übers Ohr zu hauen, indem sie irgendwelche juristischen Winkelzüge aus Scheck- und Wechselgesetzen ausnutzten?

Ende Januar 1973 jedenfalls erging das Urteil in dieser Sache, denn Dezug hatte ohne großes Zögern Klage erhoben, und Petersen und Slavik wurden verurteilt, die 26.000 DM zurückzuzahlen.

Hinzu kam außerdem noch der Streit um die Zeche in den Goldacher Stuben anlässlich des Betriebsausfluges im Herbst 1971. Die Zeche, die sie gemacht hatten, war beträchtlich gewesen: 1.700 Mark. Dem Bezirkschef, der am Morgen nach dem Betriebsausflug mit einem fürchterlichen Kater erwacht war und sich nicht mehr an alles richtig erinnern konnte, war sehr schnell klar geworden, dass die Goldacher Stuben weit über seinem Budget gelegen haben mussten. Als dann Wochen später die Rechnung kam, da waren jedoch selbst seine schlimmsten Befürchtungen übertroffen. Die 1.700 DM Mark hatten das genehmigte Budget gesprengt, und das konnte er bei der Münchener Generaldirektion unter keinen Umständen und mit keiner Ausrede rechtfertigen. Sie hatten ein Restaurant besucht, das weit über ihren Verhältnissen lag. Und so entwickelte der mit den Winkelzügen interner Firmenpolitik vertraute Bezirkschef eine Abwehrstrategie, die sich zunutze machte, dass die Rechnung zwar an die Gesellschaft geschickt worden war, dass sie aber ganz unübersehbar das Kürzel Slaviks trug, der sie ja auch abgezeichnet hatte. Dann schwor er eine Reihe der Beteiligten auf seine Abwehrstrategie ein, die einen durch Drohungen, die anderen durch Versprechungen und Gefälligkeiten. Eine kleine Gehaltserhöhung hier, das Übersehen grober Nachlässigkeiten dort und die Zuweisung einer neuen Aufgabe bei einem Dritten. Und so sammelte der Chef seine Truppe wieder hinter sich, die ihm im Laufe dieses denkwürdigen Ausfluges verloren gegangen war. Und Slavik hatte dem nur wenig entgegenzusetzen, denn niemand würde es sich seinetwegen mit dem Bezirksdirektor verderben wollen. Zwar versicherten sie ihm gegenüber augenzwinkernd ihre Loyalität, doch wenn es Ernst werden und es vor Gericht zum Schwure kommen würde, dann würde jeder den eigenen Vorteil im Auge behalten. Der Streit zwischen Dezug und Slavik um die Bezahlung der Rechnung eskalierte zur gleichen Zeit, als sie sich wegen des geplatzten Schecks und der geliehenen 26.000 Mark im Streit befanden. Der Inhaber der Goldacher Stuben hatte bereits einen Rechtsanwalt mit der Eintreibung der offenen Forderungen beauftragt. Mitte Februar 1973 erwirkte er einen Zahlungsbefehl gegen Slavik über 1.741 DM. Das war wenige Tage nachdem er sich seinerseits bereit erklärt hatte, den Anteil an der Zeche zu begleichen, den er selbst verursacht hatte, nämlich ein Vierundzwanzigstel. Denn insgesamt 24 Personen waren sie damals gewesen. Bezüglich der von ihm abgezeichneten Rechnung berief er sich auf *„Geschäftsunfähigkeit"* wegen erheblichen Alkoholkonsums und ließ seinen Rechtsanwalt schriftlich mitteilen: *„Wenn er [gemeint ist Slavik] schließlich in betrunkenem Zustand die präsentierte Rechnung abzeichnete, so könne ihm daraus keinerlei rechtliche Nachteile erwachsen."*

Doch bei dem Streit ging es gar nicht mehr so sehr um die Bezahlung der Rechnung. Es war daraus vielmehr ein Kampf zwischen zwei Männern geworden, eine Fehde zwischen Slavik und Dezug. Der Kampf um die Bezahlung der Rechnung war der Ausdruck des offenen Zerwürfnisses zwischen den beiden, wozu noch der Streit um das Darlehen kam. Deshalb war ein Nachgeben, das Einlenken oder gar die Suche nach einem Kompromiss für keine der beiden Seiten auch nur denkbar. Der Prozess wurde daher auch unerbittlich über zwei Instanzen bis zum Ausschöpfen der letzten Rechtsmittel geführt. Und Slavik suchte in diesem Streit auch noch Unterstützung bei der Münchener Generaldirektion. In einem Schreiben an den Vorstand schilderte er im Februar 1973 seine Sicht des ganzen Vorgangs und führte dabei ganz unverhohlen Beschwerde über den in seinen Augen unfähigen Bezirksdirektor, der nicht einmal in der Lage war, einen halbwegs anständigen Betriebsausflug zu organisieren. Denn allein darin lag ja der Grund dafür, dass es überhaupt zum Besuch der Goldacher Stuben gekommen war. Slavik hatte ja eigentlich nur das Ansehen der Gesellschaft retten wollen, für die er seit vielen Jahren tätig war. Und so schrieb Slavik das Folgende an die Münchener Zentrale: *„Anlässlich eines Betriebsausfluges für die Damen und Herren der Geschäftsstelle Düsseldorf stellte die Reisegesellschaft im Verlaufe des späten Nachmittags fest, daß die organisatorische Planung für diese Reise ungenügend war. Die eigentlich beabsichtigte Fröhlichkeit konnte nicht aufkommen und einige Herren und ich selbst wollten gegen 17 Uhr mit einem Taxi von Altenahr nach Düsseldorf zurückfahren. Der allgemeinen Bitte folgend sind wir jedoch bei der Reisegesellschaft geblieben und hatten verabredet, bis gegen 20 Uhr in einem Weinkeller feucht fröhlich zusammenzubleiben. Mit zunehmender Stimmung machte ich den Vorschlag an den Herrn Bezirksdirektor, diese nunmehr aufgekommene Fröhlichkeit der Reisegesellschaft zu erhalten und fragte an, ob wir nicht noch alle zusammen in die ‚Goldacher Stuben' den Tagesausklang feiern sollten. Die Geschäftsleitung war von dem Vorschlag angetan und alle Beteiligten haben ohne Arglist und mit aufrichtiger Freude an der bereiteten Tafel Platz genommen. In keinem Falle war diese Anfrage als eine Einladung meinerseits aufgefaßt worden und ich bin überrascht, daß der Bezirksdirektor diesen Vorgang heute so verstanden wissen will. Diese Verzehrsrechnung lautete auf die Bezirksdirektion in Düsseldorf und der einzige Fehler den man mir ankreiden kann besteht lediglich darin, daß ich,- um Peinlichkeiten aus dem Wege zu gehen - , auf der Rechnungsnota mein Zeichen gesetzt habe. Was sollte ich auch tun? Sowohl der Bezirksdirektor als auch der Büroleiter waren infolge eines gepflegten Alkoholkonsums nur noch dazu in der Lage, mir die Abzeichnung zu überlassen. Nun werde ich in einer solchen Situation doch kein Spektakel aufkommen lassen und vor der Geschäftsleitung des besagten Restaurants, mögliche Unstimmigkeiten innerhalb der Gesellschaft verraten. Solches tue ich doch nicht und hatte dazu auch keine Veranlassung, denn ich war in dem festen Glauben, daß diese Zeche ohnehin durch das Kopfgeld gedeckt sei und somit aus der Reisekasse bezahlt würde. Dass dem nun nicht so war, habe ich rasch vom Herrn Bezirksdirektor zu hören bekommen und ich finde dieses Verhalten post festum unseriös. Dieses vorallem auch schon deshalb, weil doch Ihrem*

Bezirksdirektor bewußt ist, in welch angespannter finanzieller Lage ich mich befinde und dass ich keinerlei Veranlassung habe zu so großzügigem Verhalten."

Er hoffte nun wohl, von ganz oben Unterstützung zu erhalten, und dass die großen Tiere die kleineren schon zurechtweisen würden. So ähnlich war er ja auch Jahre zuvor mit dem Streifenhörnchen verfahren, das ausgerissen war. Das Streifenhörnchen seines Sohnes war aus dem Käfig entwischt, und es gelang nicht mehr, es einzufangen. Daraufhin ließ Slavik die Katze in das Zimmer, und dann lag wenig später das Streifenhörnchen mit gebrochenem Genick im Sterben und machte seine letzten Zuckungen. Slavik war klar gewesen, dass die Katze den Tod des kleinen, putzigen Tieres bedeuten würde. Vielleicht hatte er im Stillen gehofft, dass auch die Münchener Direktoren dem örtlichen Statthalter das Genick brechen würden. Doch dazu kam es nicht, ganz im Gegenteil.

Es war nicht nur der Konflikt zwischen Slavik und Dezug, hinzu kam noch, dass Slavik der Gesellschaft mittlerweile fast 100.000 DM schuldete. Dezug war der örtliche Bezirkschef, er war loyal gegenüber der Zentrale, deren Interessen er vertrat und egal wie das Urteil im Einzelnen über ihn ausfallen würde: Er hatte keine Schulden bei der Gesellschaft, und warum sollte man ihn zugunsten von Slavik, der zwar viel versprach, aber wenig hielt, fallenlassen? Im Gegenteil: Jene Attacke hinter dem Rücken des Bezirkschefs konnte als die offene Rebellion gegenüber der Gesellschaft insgesamt verstanden werden, denn sie beinhaltete auch den Vorwurf an den Vorstand, einen unfähigen Statthalter eingesetzt zu haben und stellte damit seine Urteilsfähigkeit in Frage. Das Verhältnis zur Gesellschaft, für die Slavik seit 1960 tätig war, verschlechterte sich zusehends, und der Unterschied zwischen persönlichen Konflikten und Antipathien auf der einen und dem Konflikt zwischen den finanziellen Interessen der Gesellschaft und Slaviks auf der anderen Seite verwischte sich immer mehr. Der Gesellschaft wurde mit jedem Pfändungsbeschluss, der von irgendeinem der Gläubiger Slaviks erwirkt wurde und die ja alle bei ihr landeten, weil es um seine Provisionserlöse ging, aus denen die offenen Forderungen befriedigt werden wollten, deutlich, wie fragil seine finanzielle Lage war. Und wenn die Gesellschaft das Geld, das er ihr schuldete, jemals wiedersehen wollte, dann mussten sie schnellstens, entsprechende und vor allem entschiedene Maßnahmen ergreifen. Und das hieß vor allem, den Druck erhöhen, damit er endlich begann, seine Schulden zu begleichen. Warum sollten sie in dieser Situation dem eigenen Statthalter in den Rücken fallen?

Die Vermarktung jenes landwirtschaftlichen Anwesens am Rande von Düsseldorf, dessen Größe er dem Berliner Verleger mit 700.000 qm beschrieben und damit seiner Neigung zu Übertreibungen folgend, aus 80 Morgen 280 gemacht hatte, war erfolglos verlaufen. Es war viel schwieriger und zeitaufwendiger als gedacht. Aus dem Acker wurde von selbst kein Bauland, und der erlösende Brief des Berliner Verlegers blieb aus. Die Vermarktung des Anwesens hätte Investitionen, Branchen- und Fachwissen erfordert. Doch daran mangelte es Slavik und so hatte er schon bald das Interesse daran verloren, und seine anfängliche Euphorie war verflogen. Das Projekt war für ihn gestorben, er hatte die falschen Zahlen angekreuzt, der Schein war nichts mehr wert, also konnte er ihn wegwerfen.

Doch so einfach war es nicht, denn es waren ja auch andere daran beteiligt gewesen, denen er Zusagen und Versprechungen gemacht hatte. Der Graf, der hier als Notar Verschiedenes beurkundet hatte, hatte zunächst einmal seine Ansprüche mit Blick auf eine erfolgreiche Geschäftstätigkeit gestundet. Exklusiv war ihm nämlich das Recht eingeräumt worden, alle Beurkundungen vornehmen zu dürfen, die mit dem Verkauf und der Parzellierung des Anwesens verbunden sein würden. Doch es gab nichts mehr zu beurkunden, weil nichts verkauft wurde.

Als das absehbar war, hatte der Graf bereits Anfang Oktober 1972 angekündigt, dass er seine Ansprüche nun geltend machen würde und hatte an Slavik geschrieben: *"Nachdem Sie die Zusagen im Schreiben vom 14.9.72 nicht eingehalten haben, würden wir am 15.10.72 gegenüber der Familie des Landwirts unsere Endabrechnung aufmachen und zugleich die von uns verauslagten Kosten für die Nachnahme dort erheben."* Und so wuchs aus diesem fehlgeschlagenen Immobilienprojekt ein weiterer für Slavik sehr bedrohlicher Rechtsstreit heran, auch wenn die Forderung des Grafen mit rund 10.000 DM verglichen mit anderen nicht besonders hoch war. Es handelte sich dabei um die Gebühren für die Eintragung einer Grundschuld in Höhe von 150.000 DM zu Gunsten des Landwirts, dem das Areal gehörte, und für die Beurkundung des Maklervertrages für Slavik. Welche Absprachen bezüglich der Beurkundungsgebühren auch mit dem Bauern bestanden haben mögen, sei dahingestellt. Der Graf jedenfalls konnte seine Forderungen vor Gericht durchsetzen. Auch wenn Slavik später behauptete, dass der Graf den Titel gegen ihn nur deshalb erwirkt habe, weil er sich zu dieser Zeit im Ausland befunden habe und das Urteil nur wegen eines Fristversäumnisses gegen ihn ergangen sei. Doch das entsprach nicht der Wahrheit. Das Verfahren hatte schon Monate vor der Reise stattgefunden, und Slavik war dabei auch durch einen Rechtsanwalt vertreten gewesen. Aber mit der Behauptung, dass es sich um ein Versäumnisurteil gehandelt habe, stellte er den Sachverhalt so dar, dass er zwar Recht gehabt habe, aber aus rein formal-juristischen Gründen das Urteil gegen ihn ergangen sei, als er nicht im Lande war, um sich wehren zu können. Und so pflegte er die Legende, dass er zu dem Titel, den der Graf gegen ihn erwirkt hatte, wie ein *„Blinder zu einer Ohrfeige"* gekommen sei. Slavik stellte sich als das arglose, unschuldige Opfer hin. Diese Auseinandersetzung führte nun dazu, dass sich der Graf mit seinen titulierten Ansprüchen nicht nur direkt an die Gesellschaft wandte, nein, er erwirkte sogar am 27. August 1973 ein vorläufiges Zahlungsverbot der Gesellschaft gegenüber Slavik, der bereits einige Monate zuvor, nämlich im Juni, einen Offenbarungseid geleistet hatte. Durch das Zahlungsverbot wurde der Gesellschaft überhaupt untersagt, Provisionen an Slavik auszuzahlen. Nicht nur, dass seine desolate finanzielle Lage nun überdeutlich zu Tage trat, ein Zahlungsverbot barg das Risiko in sich, dass andere Gläubiger – wie vom Grafen vorexerziert – ihre Forderungen würden befriedigen können, während die Gesellschaft selbst mit ihren Ansprüchen das Nachsehen hätte und nachrangig behandelt werden würde.

Zwei Tage nachdem der Graf das Zahlungsverbot erwirkt hatte, schrieb der Vorstand der Gesellschaft daraufhin am 29. August einen Brief an Slavik, den man als letzte Mahnung verstanden wissen wollte. *„Wir geben Ihnen daher einen letzten*

Terminaufschub zur Erledigung der offenstehenden Fragen bis zum 10.9.1973", so lautete das Ultimatum. *"Einen weiteren Terminaufschub können wir Ihnen nicht gewähren."* Außerdem teilte man Slavik mit, dass man über sein bisheriges Verhalten *"mehr als enttäuscht"* sei und dass die *"ständig gegebenen Zusagen (...) leider nicht eingehalten"* worden seien. Abschließend hieß es: *"Damit sie den Ernst der Lage erkennen, sind wir gehalten, diesen Brief per Einschreiben zu schicken. Wir hoffen, daß Sie uns durch ihr Verhalten nicht zu einer für sie unangenehmen Entscheidung zwingen werden."*

Der Brief war zwar wenig konkret und nannte keine Details, aber er machte für Eingeweihte die Dringlichkeit einer Lösung überdeutlich. Eine Konsequenz war, dass von Slavik und seiner Frau Ende Oktober 1973 ein Schuldanerkenntnis über 100.000 DM zu Gunsten der Gesellschaft abgegeben wurde, und das wurde von einem Düsseldorfer Notar in seiner Urkundenrolle festgehalten und beglaubigt.

Die Abgabe des Schuldanerkenntnisses hatte Slavik so lange hinausgezögert, wie er konnte. Aber ihm blieb schließlich nichts anderes übrig, um die Situation zu entschärfen. Er beruhigte dadurch die Gesellschaft und erweckte den Eindruck, an einer Lösung mitwirken zu wollen. Und auch die Regelung, dass ein Teil seiner Provisionen zur Schuldentilgung und Zinszahlung direkt einbehalten werden sollte, schien er zu akzeptieren. Jedenfalls leistete er keinen offenen Widerstand dagegen. Er wollte die Gesellschaft offenbar in Sicherheit wiegen und vermeiden, dass sie die unangenehmen Maßnahmen ergreift, die sie in ihrem Schreiben vom August angekündigt hatte. Er wollte wohl die Gesellschaft glauben machen, dass er einlenkte, während er in Wahrheit fieberhaft das Ziel verfolgte, sich aus der Abhängigkeit der Gesellschaft zu befreien.

Es war wie ein Wettlauf. Er musste schneller sein, musste eine Alternative finden, bevor man ihm den Finanzhahn vollständig abdrehen würde. Denn mit dem Schuldanerkenntnis war außerdem verbunden, dass ein Teil seiner Provisionen zur Rückzahlung seiner Schulden einbehalten wurde. Damit wurde sein finanzieller Spielraum immer weiter eingeschränkt, und so setzte er alles daran, sich dem zu entziehen.

Zu diesem Zeitpunkt galt Slaviks Interesse bereits längst einem ganz anderen Projekt, das ihm erheblich vielversprechender und noch weitaus attraktiver erschien, als die Vermarktung jener Kappes- und Kartoffeläcker vor den Toren Düsseldorfs. Ja, er war sogar ganz froh darüber, dass der Immobiliendeal nicht geklappt hatte, denn dieses neue Projekt hatte ein noch viel größeres Potential. Er sah darin die Chance, ganz und gar herauszukommen aus seiner Zwangslage, wegzukommen von lästigen Gerichtsverfahren und geldgierigen Gläubigern. Das neue Projekt bot die Chance eines kompletten Neuanfangs und zwar nicht in Deutschland, sondern in einer neuen Welt, im Osten Afrikas und zwar in Kenia.

Slavik hatte 1972 Viersing kennengelernt, einen Geschäftsmann, der in Kenia tätig war und das Land und die Verhältnisse dort gut kannte. Und so entwickelte man sehr bald gemeinsame Pläne und wollte eine Firma gründen, um in Kenia Häuser zu bauen und Hotels zu erwerben.

Slavik war sehr schnell begeistert, und die Aussichten, alles hinter sich lassen und einen grandiosen Neustart hinlegen zu können, beflügelten ihn. Er war jetzt ganz sicher, den Hauptgewinn gezogen zu haben. Und alles Geld, das er noch irgendwie auftreiben und ausleihen konnte, steckte er in dieses Projekt, legte Scheuklappen an und ignorierte die bestehenden Probleme. Im Februar 1973 flog er nach Kenia, in ein ihm völlig unbekanntes Land, dessen Sprachen er nicht sprach – er konnte weder Englisch noch Suaheli –, dessen Rechtsordnung er nicht kannte und mit dessen Mentalitäten er nicht vertraut war. Er ließ die lästigen Rechtsstreitigkeiten, die Gläubiger und alle anderen Probleme hinter sich und stürzte sich in das afrikanische Abenteuer. In den Osterferien ließ er sogar die ganze Familie einschließlich Schwiegermutter nach Mombasa nachkommen, wo er in einem Hotel direkt am Meer residierte und den erfolgreichen deutschen Geschäftsmann gab. Mittlerweile radebrechte er in Englisch, hatte ein paar Brocken Suaheli gelernt, und es schien, dass er jedermann kannte. Er bewegte sich, als habe er eine neue Heimat gefunden.

Im Mai 1973 kehrte er nach Hause zurück, wo ihn die unangenehmen Realitäten erwarteten: Gläubiger und Gerichtsverfahren. Da war der Streit um die Restaurantrechnung ‚Goldacher Stuben', die Gesellschaft drängte, damit er seine finanziellen Verhältnisse in Ordnung bringe und seine Schulden zurückzahle. Der Streit mit dem Grafen um 10.000 DM setzte sich fort, und auch der Rechtsstreit mit den Gebrüdern Gockel, von denen er sich 25.000 DM geliehen hatte, war noch nicht ganz beendet: Es gab noch offene Gebührenforderungen des beauftragten Rechtsanwalts, die sich Slavik weigerte zu bezahlen, und so erzwang der Rechtsanwalt, dass Slavik im Juni 1973 einen Offenbarungseid leistete.

Das Gerichtsverfahren ‚Goldacher Stuben' endete im November 1973 mit einer Niederlage Slaviks: Er musste die gesamte Zeche – 1.741 DM – nebst Gerichtskosten zahlen. Er legte zwar Berufung ein, aber die Sache war letztlich aussichtslos, und Slavik spielte lediglich auf Zeit, und es war wenig überraschend, dass die Revision im Mai 1974 kostenpflichtig abgewiesen wurde. Aber da hatte Slavik längst alles auf eine einzige Karte gesetzt: Kenia. So hieß der Tunnel, in den er gekrochen war, und an dessen Ende er bereits das erlösende Licht des Ausgangs leuchten sah.

Für die Realisierung des Projektes brauchte er Geld, das er sich, wo es ging, lieh; so zum Beispiel Anfang September 1973 vom Büroleiter der Bezirksorganisation 6.500 DM. Als Sicherheit händigte er ihm den Fahrzeugbrief seines Ford Granada 300 aus und vereinbarte mit ihm: *„daß das (...) Fahrzeug zu meiner Verwendung bis längsten 30.9.73 verbleibt, vorausgesetzt, daß ich bis spätestens zu diesem Termin eine Teilrückzahlung von DM 3.000,- (Dreitausend) leiste. Sollte ich diese Teilrückzahlung nicht geleistet haben, so ist der Darlehensgeber berechtigt, dieses Fahrzeug zum marktüblichen Angebot zu verkaufen, und ich erkläre mich hiermit bereit, in diesem Falle die Wagenpapiere und Fahrzeugschlüssel an den Darlehensgeber auszuhändigen."* Erneut fuhr er im Oktober 1973 mit der Familie nach Lourdes und betete um Unterstützung und die Rückkehr von Glück und Erfolg.

Und tatsächlich sah es so aus, als ob das Glück zu ihm zurückkehren würde. Im Herbst 1973 gewann er im Lotto. Es war zwar nicht der Hauptgewinn, aber die fünf Richtigen brachten immerhin ein paar Tausender ein. Aber anstatt seine Schulden zu begleichen, fuhr er mit der siebenköpfigen Familie in den Winterurlaub ins Kleinwalsertal. Wie sehr er von seinem neuen Glück überzeugt war, machte er auch in einem Brief deutlich, den er im Dezember an seinen Sohn schickte. Es ging dabei um eine unbezahlte Rechnung und die daraufffolgenden Mahnungen. Slavik schrieb, nachdem er darauf hingewiesen hatte, dass die Forderung längst beglichen worden sei: *„Dennoch soll mir auch dieser Vorfall zu denken geben und zwar der Art, daß ich künftig sogar diese Mächte bezwingen werde."*

Es scheint so, als habe er die Realitäten nun gänzlich aus dem Blick verloren, er war bereits so weit in seinen Tunnel gekrochen, dass es kein Zurück mehr gab und er war voll und ganz von dem Kenia-Projekt überzeugt, mit dessen Hilfe er die finanziellen Mächte bezwingen wollte. Es folgten weitere Reisen nach Afrika im Februar und März 1974. Und um das finanzieren zu können, zahlte er ab Februar keine Miete mehr für das Einfamilienhaus, das die Familie bewohnte und sparte so pro Monat 1.500 DM. Von einer Zahnärztin in einem Vorort von Düsseldorf lieh er sich im Laufe des Jahres weitere 5.000 DM. Doch die Geschäfte in Kenia kamen nicht so recht voran.

Es war wie ein Wettrennen. Wer würde schneller am Ziel sein, Slavik oder seine Gläubiger? Würde das Kenia-Geschäft funktionieren, dann würde er Geld bekommen und er wäre aus dem Schneider. Es sollte der letzte rettende Sprung auf das gerade ablegende Schiff werden, um den Verfolgern zu entkommen und sich dem Diktat der Gesellschaft zu entziehen. In dem Augenblick, wenn der Abstand zwischen Schiff und Kai gerade so groß war, dass man ihn mit einem kräftigen Sprung überwinden konnte.

Und Slavik rannte und rannte in seinem Tunnel immer weiter, er sah vorne das Licht und spürte die Verfolger hinter sich. Er war ein Getriebener. Er rannte bis nach Ostafrika und dann, dann sprang er, so gut er konnte. Aber da war kein Boot mehr, das ihn hätte retten können. Er sprang und landete im Wasser. Und in dem Augenblick entlud sich ein gewaltiges Gewitter. Es krachte, donnerte und blitzte und eine fast unerträgliche, körperlich spürbare schmerzhafte Spannung, die sich in der ganzen

Zeit aufgebaut hatte, entlud sich in einem ohrenbetäubenden Donner und grelle Blitze zuckten auf. Als wäre das Ende der Welt gekommen und die Bomberstaffeln wären zurückgekehrt, um Sodom und Gomorrha auszulöschen. Und als Slavik aus dem dreckigen, stinkenden, ölverschmierten Wasser des Hafenbeckens wieder auftauchte, da begann ein Regen, der so stark war, als wollte eine neue Sintflut das wegwaschen, was Donner und Blitze verschont hatten.

Die Spannung entlud sich innerhalb weniger Wochen am Ende des Jahres 1974, dem Jahr, in dem er 49 Jahre alt geworden war. Er verlor erneut ein Haus, auch wenn es nur gemietet war, er verlor sein Auto und schließlich verlor er sogar seine Arbeit. Alles, was seine bisherige Existenz ausgemacht hatte, war schließlich weg. Am Ende blieben ihm nur noch seine Frau, seine Kinder, die Schulden und die Hoffnung, dass er beim nächsten Spiel bessere Karten bekommen würde. Er hatte alles gewagt, er hatte alles auf eine Karte gesetzt und verloren.

Bereits nach der letzten Reise nach Kenia, als der Sommer vergangen war und der Herbst sich ankündigte und nichts geschah, begann er langsam zu ahnen, dass er auf das falsche Pferd gesetzt hatte.

Im August 1974 eröffnete die Staatsanwaltschaft ein Ermittlungsverfahren gegen Slavik wegen Unterschlagung. Der frühere Geschäftspartner Viersing hatte ihn angezeigt und beschuldigt, aus dem gemeinsamen Kenia-Projekt, als man noch zusammen eine Firmengründung geplant hatte, Geld für sich selbst abgezweigt zu haben.

Am 8. September wandte Slavik sich mit einem Brief an den ehemaligen CDU-Vorsitzenden und schrieb: *„Die Last und Verantwortung für die Meinen ist mir so drückend hart geworden, daß ich allein damit nicht mehr fertig werde."* Er führte den missglückten Hausbau an, den Verlust des materiellen Einsatzes und das Einbüßen jeglicher Bonität. Und fuhr fort: *„Seit vielen Jahren bin ich nur noch Getriebener und nicht mehr Handelnder und einzig die Tatsache, daß ich dies' alles als Fügung verstehe, hat mir Bitternis, Resignation und Kurzschlußhandlungen bisher erspart."* Doch der Brief formulierte keine Bitte und kein konkretes Anliegen, er war vielmehr Ausdruck von Resignation, von Verzweiflung und Verlassenheit.

Und eine knappe Woche später schrieb er an den Kölner Kardinal und Erzbischof. Auch dieser Brief hatte kein konkretes Anliegen. Er begann mit einem Bekenntnis zur Kirche: *„Meine Treue zur Kirche ist schon deshalb unumstritten, weil es für mich keine hoffnungsvollere und konstruktivere Orientierung gibt."* Schränkte seine Aussage dann aber ein und schrieb: *„Dieses Bekenntnis gilt inzwischen mit Einschränkungen gegenüber der institutionellen Kirche, die mehr und mehr enttäuscht."* Er verglich seine Jugend mit der des Kardinals und beklagte, dass der Herrgott ihm den Vater und die Mutter schuldig geblieben war, dass er anstatt einer unbeschwerten Jugend, wie sie der Kardinal hatte, 14 Jahre seiner Kindheit *„in der destruktiven- und sogar diskriminierenden Sphäre eines Waisenhauses"* heranwachsen musste. Und es scheint fast, als ob er darin die Ursache für seine Lage sah oder es zumindest so dargestellt sehen wollte, dass nämlich Menschen seiner Herkunft *„ein Ticket für's Leben nicht, oder nur bedingt zusteht"*. Auch wenn er sich dank seines *„sanguinischen Temperaments"* weniger an *„Bitternissen für ein solches Leben aufgehalten und Kraft aufgeboten (habe), um dieser asozialen Ordnung meiner Jugend zu entfliehen."* Und er machte sich angesichts seiner großen Kinderzahl sogar Gedanken darüber, ob nicht der Streit um die Abtreibung und die Änderung des § 218 durchaus seine richtige Seite habe.

Schließlich nutzte er den Brief noch, um sich über die Höhe der Miete für das Einfamilienhaus, die er zu diesem Zeitpunkt längst nicht mehr zahlte, zu beklagen und schrieb: *„Infolge einer Mietbelastung in schon unsittlicher Höhe, - der Wohneigner ist praktizierender Katholik, ist Arzt und mehrfacher Hausbesitzer, Vorstand der kirchl. Gemeinde, - ist mir dieser Wohnanspruch inzwischen aufgekündigt worden und mir obliegt inzwischen die Suche eines Stalles von Bethlehem."* Und beendet den Brief mit der Bitte: *„Aus Ihrem Munde, verehrter Herr Kardinal, möchte ich erfahren, daß dies' hier bereits die Hölle ist und eine andere Leidensstation nur in der Mär existiert, ich wäre Ihnen ob solcher Auskunft nicht undankbar."*

Einige Wochen später stand der Gerichtsvollzieher vor Slaviks Tür: Es ging um unbezahlte Arztrechnungen. Die Chefarztrechnungen für die Behandlungen im Berliner Krankenhaus aus dem Jahre 1971 für seine Frau und sich selbst hatte Slavik nicht bezahlt. Er hatte die Rechnungen zwar bei seiner privaten Krankenversicherung eingereicht und die Beträge in Höhe von mehreren Tausend Mark kassiert, aber das Geld nicht an die Ärzte gezahlt. Ja, es sah ganz so aus, als ob der Krankenhausaufenthalt in Berlin auch der Geldbeschaffung gedient hatte, und Slavik sich dabei den Umstand zu Nutze gemacht hatte, dass Privatversicherte direkt mit den Ärzten und den Versicherungen abrechnen. Eine Arztrechnung, die man einreicht, war bares Geld wert, und die Versicherungen kümmerten sich nicht darum, ob die Rechnungen auch tatsächlich von den Versicherten bezahlt werden. Und so entwickelte sich aus der Auseinandersetzung um die unbezahlten Chefarztrechnungen ein Streit um eine Orgel, die eines der Kinder 1972 zu Weihnachten geschenkt bekommen hatte. Der Gerichtsvollzieher versuchte, die Orgel zu pfänden, und im November kam es deshalb zu einem Gerichtsverfahren, bei dem es um die Frage ging, wem diese Orgel gehörte und wer sie dem Kind geschenkt hatte.

Im gleichen Monat erwirkte die Zahnärztin aus Ratingen, bei der sich Slavik Geld geliehen hatte, einen Pfändungs- und Überweisungsbeschluss über einen Gesamtbetrag von 5.787 DM und versuchte, das Geld bei der Versicherungsgesellschaft einzutreiben.

Dann kam die Adventszeit und zu Beginn der zweiten Dezemberwoche, am Montag, dem 9. Dezember, standen kurz vor 20 Uhr, als Slavik sich gerade darauf vorbereitete, die Tagesschau zu sehen, der Gerichtsvollzieher, die Polizei und ein Abschleppunternehmen vor Slaviks Haustüre und beschlagnahmen sein Auto, einen Ford Granada Automatik, Baujahr 1972, Kilometerstand 98.000. Slavik schuldete zu dem Zeitpunkt dem Büroleiter der Bezirksverwaltung noch fast die Hälfte des im September 1973 geliehenen Geldes, rund dreitausend Mark. Der Gerichtsvollzieher vermerkte in seinem Pfändungsprotokoll dazu, dass das Auto *„vor dem Hause"* in Besitz genommen wurde, dass der Kfz-Schein übergeben wurde und dass *„bei der Pfändung und Abschleppung (...) der Schuldner im Hause geblieben"* war. Für die öffentliche Versteigerung des Pkws wurde als Termin der 25. Januar 1975 festgelegt.

Und am Ende dieser Woche, die mit dem Abtransport seines Wagens begonnen hatte, erhielt er am Freitag, dem 13., die fristlose Kündigung der Gesellschaft. Der vom 12. Dezember datierte Brief beendete den seit 1960 bestehenden Vertrag als Versicherungsvertreter fristlos. Als Grund für die Kündigung wurde angeführt, dass Slavik trotz ausdrücklichem Verbot der Bezirksadministration Versicherungsbeiträge bei Kunden direkt kassiert hatte. Diese Anweisung war ergangen, als die Gesellschaft damit begonnen hatte, einen Teil der Provisionen Slaviks einzubehalten, um damit seine Schulden zu begleichen.

Doch dieser Maßnahme hatte er sich widersetzt und Versicherungsbeiträge direkt bei den Kunden kassiert und sie mit seinen Provisionsansprüchen verrechnet. Diese in der Vergangenheit wohl nicht unübliche Praxis war Slavik aber bereits Mitte 1973 durch die Düsseldorfer Bezirksadministration untersagt worden. Doch er hielt sich nicht daran – schließlich stand das Weihnachtsfest vor der Tür, und die Kinder erwarteten ihre Geschenke –, und so reagierte die Gesellschaft nicht nur mit der fristlosen Kündigung, sondern auch noch mit einer Strafanzeige, in der man ihn der Unterschlagung beschuldigte und die dann auch noch zu einem Strafprozess führte.

In einem Brief an den Bundesverband Deutscher Versicherungskaufleute, an den er sich einige Monate später, am 19. Februar 1975, hilfesuchend wandte, schildert er die Hintergründe wie folgt:

„In der Tat habe ich zum Ausgleich der mir zustehenden Abschlussprovisionen Prämiengelder einbehalten und diese Zahlungen umgehend unterbreitet. Hier füge ich nun an, daß ich insgesamt 5 Kinder habe im Alter zwischen 7 – 15 Jahren, immerhin war Weihnachtsmonat, meine Produktion war entsprechend hoch, ich konnte mich unmöglich jeglicher Barschaft entledigen. Nun hat dieser geldliche Bereich eine längere Vorgeschichte und ich bitte Sie, mir eine kurze Schilderung hierzu zu gestatten. Im Jahre 1964-65 baute ich für meine Familie ein Einfamilienhaus im vorderen Westerwald. Aufgrund vorliegender Baukosten- und Finanzierungspläne gewährte mir die Gesellschaft ein 1.rangiges Hypothekendarlehen in Höhe

von DM 100.000,-- und weiter an rangbereiter Stelle ein persönliches Darlehn von rd. 50.000,--. Die persönlichen Darlehn wurden z.T. auf das laufende Provisionskonto gebucht und die provisions-Diskonte entsprechend herabgesetzt. Diskont; maximal 10%." Und er führte weiter aus, dass er durch die Reduzierung der Provisionszahlung in steuerliche Verschuldung gekommen war und er das Haus im Zuge der Zwangsversteigerung verloren habe. Doch es ist ganz unwahrscheinlich, dass diese Regelung tatsächlich bereits Ende der 60er oder Anfang der 70er Jahre in Kraft gesetzt worden war, denn dann wäre der Großteil seiner Schulden ja bereits getilgt gewesen. Aber ein solcher Effekt ist nicht zu verzeichnen, ganz im Gegenteil, die Summe der Schulden war weiter gewachsen und hatte 1973 ein Volumen von 100.000 DM erreicht. Erst nachdem Slavik im Oktober 1973 das Schuldanerkenntnis abgegeben hatte, begann man, die Hälfte der Abschlussprovisionen sowie die Bestandspflegeprovision in Höhe von rund 10.000 DM einzubehalten.

Da die Gesellschaft einen Teil der Provisionen direkt mit den Schulden verrechnete, gab es für ihn, um an Geld zu kommen, nur noch den Weg, Prämien direkt bei den Kunden zu kassieren. Es war auch nicht so, dass er lediglich 329 DM an Kundenprämien kassiert hatte, wie er in dem Brief an den Bundesverband der Versicherungskaufleute schrieb. Es waren vielmehr insgesamt rund 13.000 DM gewesen, wie sieben Monate später die Anklageschrift der Staatsanwaltschaft Düsseldorf en détail auflistete.

Und sieben Tage nachdem die fristlose Kündigung eingegangen war, erhielt er mit Datum vom 20. Dezember 1974 ein Schreiben von der Stadtverwaltung mit der Mitteilung, dass für das Haus, in dem die Familie wohnte, wegen des zwischenzeitlich ergangenen Räumungsurteils die Zwangsräumung auf den 15. Januar 1975 um 8 Uhr festgelegt worden sei und forderten ihn auf, sich rechtzeitig eine neue Unterkunft zu besorgen, damit keine Obdachlosigkeit eintritt. Die Mietschulden beliefen sich mittlerweile auf 16.750 DM.

Lediglich im Streit um die Orgel gab es einen Erfolg. Slavik hatte nämlich behauptet, dass es sich bei der Orgel um ein Geschenk der Großmutter gehandelt habe. Das stimmte zwar nicht, aber es gab einige gute Bekannte, die das vor Gericht bezeugten. Und so entschied das Gericht im Dezember, dass die Pfändung der Orgel nicht zulässig gewesen sei.

IV

In Ostafrika war das große Wunder nicht geschehen. Stattdessen waren vor dieser malerisch exotischen Kulisse mit unbeschreiblichen Sonnenauf- und untergängen und Nächten, in denen die hell leuchtenden Sterne zum Greifen nah waren, die Unterschiede zwischen Hoffnung und Realität, zwischen Wahrheit und Schein, zwischen Täuschung und Selbstbetrug bis zur Unkenntlichkeit verschwommen.

Mit dem Geschäftsmann Viersing, der ihm den Weg nach Afrika gewiesen hatte, überwarf Slavik sich bereits nach kurzer Zeit. Die geplante gemeinsame Firmengründung kam nicht zustande, man trennte sich im Streit, doch Slavik machte, obwohl er kein Wort Englisch sprach – von Suaheli gar nicht zu reden – auf eigene Faust weiter. Knüpfte Kontakte zu Personen, von denen er annahm, dass sie wichtig, einflussreich und vermögend waren und entwickelte immer neue Ideen für Projekte und Geschäfte. Doch was hatte er sich gedacht, als er sich entschlossen hatte, nach Afrika zu gehen? Hatte er gehofft, dass Viersing all das finanzieren, ihm ein üppiges Gehalt zahlen und ein repräsentatives Büro im Geschäftsviertel Mombasas mieten würde, in dem Slavik als Managing Director residieren würde? Er selbst hatte jedenfalls nicht die notwendigen finanziellen Mittel, und nach dem Zerwürfnis mit Viersing stand er fast mit leeren Händen da, und eigentlich hätte er sofort nach Hause zurückkehren müssen. Aber das tat er nicht, im Gegenteil: Er spielte Vabanque. Die Hotelrechnung wuchs Woche für Woche, aber die Mittel, sie zu bezahlen, besaß er nicht. Die Lage, in die er sich hineinmanövriert hatte, wurde immer aussichtsloser, denn auch das Geld für den Rückflug hatte er nicht.

Und so entwickelte er immer neue Pläne und jeder neue Kontakt, den er knüpfte, jede neue Person, die er kennenlernte, stimulierte seine Phantasie. Wenn er jemals aus dieser misslichen Situation herauskommen sollte, dann würde er das als ein göttliches Zeichen und einen Wink des Schicksals sehen, als Omen dafür, dass alle seine Pläne gelingen würden.

Und dann geschah tatsächlich doch noch ein Wunder, wenn auch nur ein kleines. Nachdem die Hotelrechnung auf den Gegenwert von über drei Monaten Kost und Logis angewachsen war, worin auch der zweiwöchige Aufenthalt seiner gesamten Familie, seiner Frau, der fünf Kinder und der Schwiegermutter in den Osterferien enthalten war, und die Hoteldirektion immer nervöser wurde und immer entschiedener auf entsprechende Akontozahlungen drängte, und er kaum noch Gründe dafür erfinden konnte, warum der Geldtransfer seiner Firma von Deutschland nach Kenia so lange dauerte, da tat sich dann doch noch der Himmel auf.

Es war lange nachdem die Sonne untergegangen war, in einer Nacht im Mai 1973. Die Sterne leuchteten so hell, dass man sie fast berühren konnte. Da gewann er am Spieltisch im Spielcasino von Mombasa genug Geld, um endlich nach Hause zurückkehren zu können, um mit der Realisierung seiner neuen Pläne zu beginnen.

Die Glückssträhne dieser Nacht löste bei ihm eine Euphorie aus, die auch noch in den folgenden Monaten anhielt. Er glaubte jetzt tatsächlich, unbesiegbar zu sein und war fest davon überzeugt, dass die normalen Gesetze, einschließlich die der Schwerkraft, für ihn nicht mehr gelten würden, und dass er alles erreichen könnte, wenn er nur fest an sein Glück glaubte. Und mit diesem Gefühl fuhr er mit dem Taxi in die aufgehende Sonne zu seinem Hotel am Strand Ostafrikas, wo sich – davon war er jetzt fest überzeugt – sein Schicksal endgültig gewendet hatte.

Im Mai 1973 kehrte er in die Heimat zurück und erzählte voller Begeisterung von den großartigen Möglichkeiten, den unzähligen Kontakten, all den reichen und einflussreichen Leuten, schmückte aus, fügte hinzu, übertrieb, erfand, phantasierte und streute hier und da ein paar Brocken Englisch und Suaheli ein. Zwei gute Bekannte fingen schnell Feuer, und bald bauten sie mit an den Luftschlössern, die Slavik vor ihren Augen so prächtig und großartig mit der Überzeugungskraft seiner Worte und der Geschicklichkeit seiner Zunge erschaffen hatte. So waren sie bald bereit, mit Slavik eine Unternehmung zu gründen, um die phantastischen, exorbitanten Gewinne, die er vor ihren Augen auftürmte, zu realisieren und sie einzufahren, wie Heu in einen gewaltigen Schober. Und wenn jemand ihn ungläubig fragte, warum er diese großartigen, erfolgversprechenden Geschäfte denn nicht allein betreibe, sondern auch noch weitere Partner hinzunahm, mit denen er ja dann schließlich auch teilen müsse und die sich nicht einmal am finanziellen Risiko beteiligten, dann verwies er auf Freundschaft, Nächstenliebe, die christlichen Tugenden, den heiligen Martin, und fast konnte man schon einen Heiligenschein aufblitzen sehen.

Lobelia Enterprise Corporation nannten sie ihre Unternehmung. Benannt einerseits nach der blauen Blume Lobelia Erinus, die im Volksmund auch Männertreu genannt wird, und andererseits nach jener amerikanischen Fernsehserie, in der ein Raumschiff mit dem Namen Enterprise sich aufmacht, neue Welten, Planeten und Sternensysteme zu erkunden. Und so wurden aus einem Versicherungsvertreter, einem Bäckermeister und einem Industriekaufmann vom Niederrhein die Vorstände der Lobelia Enterprise Corporation mit Sitz in Mombasa, Kenia. Und Slavik selbst wurde zum Vorstandsvorsitzenden, zum Chairman dieses phantastischen Unternehmens mit Kurs zu den Sternen. Endlich war er selbst Chef geworden, sogar ein Vorstandsvorsitzender, und damit auf dem gleichen Niveau wie der oberste Chef der Versicherungsgesellschaft angekommen, für die er so viele Jahre geschuftet und die ihm in den letzten Jahren so sehr zugesetzt hatte. Ein Niveau, das der Bezirkschefs Dezug nie erreichen würde.

Die Lobelia Enterprise hatte große Pläne. Ihre ersten geschäftlichen Aktionen sollten im Ankauf von Hotelanlagen im Stadtgebiet und am Strand von Mombasa bestehen. Dem Unternehmen seien, so berichtete Slavik, eine Reihe von Hotels zu einem Kaufpreis von insgesamt 12,5 Millionen DM angeboten worden, und diese Käufe könnten sogar ganz ohne Eigenkapital mit Hilfe der Zentralbank von Kenia finanziert werden. Diese würde nämlich entsprechende Bürgschaften zur Verfügung stellen, und mit Hilfe dieser Avals könnte die Lobelia Enterprise wiederum auf dem europäischen Kapitalmarkt die notwendigen Kredite für die Hotelkäufe bekommen. Die erworbenen Hotels würden wiederum einer amtlichen Schätzung unterworfen und zu dem von den behördlich bestellten Schätzern festgelegten Preis an eine weitere Firma, eine noch zu gründende Hotel AG, verkauft. Und der Clou an der Sache, den Slavik in seiner Erzählung genussvoll hinauszögerte und den er dann wie ein Zauberer sein weißes Kaninchen aus seinem schwarzen Zylinder hervorzauberte: Zwischen dem Kaufpreis und dem amtlichem Schätzwert würde eine Differenz von 50 Millionen DM bestehen. Lobelia Enterprise würde Hotels für umgerechnet 12,5 Millionen DM einkaufen und sie für 62,5 Millionen DM weiterverkaufen und einen Gewinn von 50 Millionen DM einstreichen. Das war weit mehr, als der höchste Lottogewinn zuhause je einbringen würde.

Und als Grund dafür, dass die Lobelia Enterprise die einmalige Gelegenheit erhielt, Hotels für 20 Prozent ihres Wertes zu erwerben, wurden von Slavik „politische" Gründe genannt. In einem Schreiben vom 26. Februar 1974 an einen potentiellen deutschen Investor schrieb er: *„Hinsichtlich der Rentabilitäten und der Beschaffenheit der Hotels sind kaum Bedenken angezeigt, der Hintergrund für die Verkäufe ist primär politischer Natur und berührt nicht die Wirtschaftlichkeit dieser Unternehmungen."*

Aus undurchschaubaren, politischen Gründen sollte ausgerechnet die Lobelia Enterprise die sagenhafte, einmalige und unglaubliche Chance erhalten, Hotels zum Spottpreis zu erwerben, und sie benötigte dazu nicht einmal einen Pfennig eigenes Geld, denn alles sollte per Kredit finanziert werden. Die so günstig erworbenen Hotels würden mit einem 400-prozentigen Aufschlag an die Hotel AG weiterverkauft, die diese Käufe ebenfalls per Kredit finanzieren würde. Das notwendige Geld, um die Zinsen für die Kredite zu zahlen und zu tilgen, sollte durch die Ausgabe eigener Aktien beschafft werden, so dass die ganze Transaktion schließlich durch die Aktionäre der Hotel AG finanziert werden würde.

Doch wenn schon die unglaubliche Differenz zwischen dem Kaufpreis und dem Wert der Hotels nicht Skepsis hervorgerufen hatte und Zweifel an der Qualität amtlicher Schätzer beiseite gewischt werden konnten, so musste doch, wer rechnen konnte, stutzig darüber werden, wie denn die hohe Zinsbelastung finanziert werden sollte. Bei einem Kaufpreis von 62,5 Millionen DM und einem Zinssatz von 9,25 Prozent würden jährlich Zinszahlungen in Höhe von 5,8 Millionen DM fällig und in diesem Betrag wäre noch kein Pfennig für die Tilgung der Kredite enthalten. Doch wie sollte es gelingen, Aktionäre zu finden, die bereit wären, Anteile an einem Unternehmen zu erwerben, das Hotels zu einem Preis kaufen würde, der 400 Prozent über dem gezahlten Einkaufspreis liegen würde. War dieses Geschäft das so lange erhoffte Wunder oder handelte es sich um einen raffinierten Coup, ausgebrütet in der Hitze Afrikas in verzweifelter Lage im Frühjahr 1973? Und waren es Slaviks eigene Überlegungen, die zu diesem Plan geführt hatten, oder war er selbst auf diesen Clou hereingefallen und versuchte nun, nur noch das Beste für sich daraus zu machen?

Wenn man ganz fest an etwas glaubt – an etwas glauben will – und alle Zweifel verdrängt, dann verwischen sich Wunsch und Realität. Doch warum sollte jemand aus undurchsichtigen politischen Gründen Millionen verschenken und ausgerechnet ihnen, den drei Abenteurern vom Niederrhein, die in Kenia keinerlei politische Bedeutung hatten, diese Hotels zu einem solch unglaublichen Discountpreis verkaufen und dem treuen Männerbund einen Gewinn von 50 Millionen DM bescheren?

Hatte diese Geschäftsidee überhaupt einen realen Kern oder ging es lediglich um eine Inszenierung vor exotischer Kulisse, bei der Ablenkung und Täuschung die wichtigsten Erfolgselemente waren? Ging es tatsächlich um die Realisierung des Projektes oder vielmehr um das Erzeugen von Glaube und Hoffnung? Ging es Slavik also eher um die glaubwürdige Inszenierung einer Illusion, und hatte er seine Bekannten nur deshalb zu Vorständen dieses Unternehmens gemacht, um die Glaubwürdigkeit der Inszenierung zu erhöhen und den Argwohn möglicher Investoren zu zerstreuen?

Denn nüchtern betrachtet, dürfte das eigentliche Ziel Slaviks es wohl nicht mehr gewesen sein, tatsächlich diese Hotels zu erwerben, wenn es diese Verkaufsofferten überhaupt gab. Am Ende ging es ihm wohl nur noch darum, die wertlosen Anteile einer Operettenfirma, deren Impresario er war, und als deren Statisten die beiden Bekannten dienten, an finanzkräftige Investoren zu verkaufen. Und so bot Slavik einem Investor aus Deutschland eine Beteiligung an der Lobelia Enterprise für 100.000 DM an: „*Aufgrund dieser Schilderungen haben Sie ein Interesse bekundet und zwar dergestalt, daß Sie an einer Teilhaberschaft interessiert sind. Nach Ihrer früheren Aussage soll diese Teilhaberschaft bei einem Viertel des Gesellschaftskapitals liegen, hierzu wäre eine Einzahlung von rd. 100.000 DM erforderlich. Nach Rücksprache mit den bisherigen Gesellschaftern bin ich befugt, Ihnen eine Einladung als Gesellschafter zu überbringen.*"

Betrug ist ein großes und vor allem gemeines Wort. Ist es nicht jeden Tag so, dass Versprechungen gemacht und nicht eingehalten werden? Täglich richten sich Hoffnungen und Erwartungen auf Prognosen, die von Firmenlenkern gegeben werden und sich nicht erfüllen. Und war nicht Slaviks ureigenes Geschäft, nämlich die Vermittlung von Sicherheiten, auch nur ein Versprechen für die Zukunft, und wie oft hatte er erlebt, dass die Versicherung ihr Versprechen nicht hielt, nicht bezahlte und sich hinter kleingedruckte Vertragsklauseln und Allgemeine Geschäftsbedingungen zurückzog. Es war ein Geschäft, das er aufbaute, und niemand konnte ihm vorwerfen, dass sich die Annahmen, von denen er ausgegangen war, nicht erfüllen würden. Das war doch das natürliche Geschäftsrisiko, das machte den Unternehmer doch gerade aus. Es war die Spekulation darauf, dass bestimmte Bedingungen in der Zukunft eintreten würden. Was würde er dafür können, wenn die kenianische

Zentralbank keine Bürgschaften ausstellen würde, wenn Hotels nicht zu 20 Prozent des wirklichen Werts verkauft würden? Was wollte man ihm vorwerfen? Dass er die 100.000 Mark für sich selber nehmen würde? Aber stand ihm dieses Geld als Chairman einer internationalen Firma, der lange und hart für dieses Projekt gearbeitet hatte, nicht zu? Und welches Risiko bestand? Ein Betrug war ihm kaum nachzuweisen. Man hätte nämlich beweisen müssen, dass er es von vornherein nur auf das Geld von Investoren abgesehen und gar keine Geschäftstätigkeit in dem beschriebenen Sinne angestrebt hatte. Aber wie viele haben in der Vergangenheit Firmen gegründet, nur um sie an die Börse zu bringen, um möglichst viele Aktien an arglose Investoren zu Höchstpreisen zu verkaufen, ohne dass überhaupt der Ansatz eines funktionierenden Geschäftsmodells existierte? Ja, es gab eine Zeit, da war der Maßstab für den Wert einer Firma die Geldverbrennungsrate, je mehr Geld pro Tag vernichtet wurde, umso wertvoller erschien die Firma, umso höher die Bewertung und umso steiler stiegen die Aktienkurse. Wie wollte man ihm denn da irgendeinen Vorwurf machen? Und wer wollte all das in diesem verwirrenden Spiel, als das die moderne Wirtschaft heute erscheint, erkennen? In einem Spiel, in dem es ganze Industrien gibt, deren Aufgabe nur darin besteht, Trugbilder zu erzeugen, um die einen zu täuschen und den anderen so einen Vorteil zu verschaffen.

Und ich bitte euch, wie wollt ihr das nennen, wenn jemand, kaum dass die Party ihren Höhepunkt erreicht hat und der Wein alle ist, die leeren Flaschen mit Wasser füllen lässt und dann behauptet, dass es sich um den allerbesten Tropfen der ganzen Gegend handelt? Und wie lange hat keiner zugegeben, was er mit eigenen Augen gesehen hat, nämlich dass der Kaiser nackt war?

Doch was auch immer die wirklichen Pläne, Ziele und Absichten Slaviks gewesen waren, das kenianische Abenteuer wurde ein Flop. Weder gab es Investoren, die seinen Sirenengesängen folgten, noch kam es dazu, dass die Lobelia Enterprise tatsächlich ihre Geschäftstätigkeit aufnahm und die angeblich angebotenen Hotels erwarb. Dieses Raumschiff hatte nicht nur Startschwierigkeiten, es hob gar nicht erst vom Boden ab. Und die drei Vorstände dieses treuen Männerbundes, die vorher einen freundschaftlichen Umgang gepflegt hatten, waren schließlich heillos zerstritten und verkehrten nur noch über ihre Anwälte miteinander und führten erbitterte Auseinandersetzungen, selbst über Lappalien. So lieferte der Verlust einer Kamera, die in Kenia aus einem Auto gestohlen worden war und deren Wert rund 600 DM betrug, den Anlass für wütende Beschuldigungen, wüste Drohungen, Anzeigen und anwaltliche Schriftsätze. Lange hatte der treue Männerbund nicht gehalten.

Kenia sollte den Ausweg aus einer Lage ermöglichen, die, seitdem das Verfahren zur Zwangsversteigerung des Hauses im Westerwald im Jahr 1968 eingeleitet worden war, immer schwieriger wurde.
Slavik hatte den Hausbau ausschließlich mit der Versicherungsgesellschaft, für die er als Vertreter exklusiv tätig war, finanziert. Er hatte eine Hypothek für den Hausbau in Höhe von 100.000 DM erhalten und ein persönliches Darlehen über 50.000 DM. Eine davon unabhängige Teilfinanzierung gab es nicht. Und dabei war er ein guter Schachspieler, der über ein hohes Maß an Intelligenz und Phantasie verfügte. Er begab sich in eine doppelte Abhängigkeit: Wenn er Schwierigkeiten mit der Hypothek bekäme, hätte er gleichzeitig Probleme mit der Gesellschaft. Und wenn er Ärger mit der Gesellschaft bekäme, dann wäre gleichzeitig sein Haus gefährdet.
Und so war vorgezeichnet, was dann eintrat: Aus den Problemen mit dem Haus wurde das Zerwürfnis mit der Gesellschaft. In einer anderen Konstellation hätte er verschiedene Optionen gehabt, aber so hatte er sich der Gesellschaft vollkommen ausgeliefert. Warum hatte er das getan?
Doch das Erstaunliche und Unglaubliche, das sich bei der genaueren Betrachtung der finanziellen Lage Slaviks herausstellt, widerspricht vollkommen dem Eindruck, den er zu vermitteln suchte, nämlich, dass er durch einen unglücklichen Hausbau in finanzielle Schwierigkeiten geraten sei.
Betrachtet man nämlich Slaviks Einkünfte, so reibt man sich verwundert die Augen und stellt voller Überraschung fest, dass er außerordentlich gut verdiente. Allein im Jahre 1972 waren es fast 100.000 DM, die er nur mit der Vermittlung von Versiche-

rungen erzielte. Insgesamt vermittelte er in diesem Jahr ein Versicherungsvolumen in Höhe von rund 2,6 Millionen DM. In den 15 Jahren, in denen Slavik für diese Gesellschaft tätig war, nämlich von August 1960 bis Dezember 1974, hat er allein an Lebensversicherungen ein Neugeschäft in Höhe von 24 Millionen DM vermittelt. Dafür erhielt er eine Abschlussprovision in Höhe von 3,5 Prozent, insgesamt waren das in diesem Zeitraum 840.000 DM; pro Jahr im Durchschnitt rund 60.000 DM. Hinzu kamen zusätzliche Bonuszahlungen und eine Bestandsprovision in Höhe von zwei Prozent des Beitragsaufkommens. Die Bestandsprovisionen für Lebensversicherungen lagen in den Jahren 1971 bis 1974 zwischen 7.300 DM und 8.700 DM pro Jahr. Insgesamt dürften die Bestandsprovisionen also insgesamt nochmals rund zehn Prozent der Abschlussprovisionen ausgemacht haben, so dass in den 15 Jahren weitere 84.000 DM hinzugekommen sein dürften. Insgesamt lagen die Provisionserlöse in diesem Zeitraum also bei rund 924.000 DM. Das entsprach einem durchschnittlichen jährlichen Bruttoeinkommen von rund 62.000 DM, damit verfügte er über ein weit überdurchschnittliches Einkommen.

Betrachtet man die Einkünfte des Jahres 1972 im Detail, dann geht aus den Unterlagen, die später dann auch in der gerichtlichen Auseinandersetzung mit der Gesellschaft wegen der fristlosen Kündigung des Handelsvertretervertrages eine Rolle gespielt haben, hervor, dass Slavik in diesem Jahr genau 96.000 DM an Provisionen erhalten hat. Dieser Betrag setzt sich zusammen aus Provisionen für Lebensversicherungen in Höhe von 81.000 DM, Provisionen für Sachversicherungen in Höhe von 2.400 DM, Bestandsprovisionen für Lebensversicherungen in Höhe von 9.000 DM und einem Bonus in Höhe von 3.600 DM.

Umgerechnet und auf 12 Monate aufgeteilt, entsprach das einem monatlichen Bruttoeinkommen von 8.000 DM. Nach Abzug der Einkommensteuer von rund 33 Prozent ergab das ein Nettoeinkommen von 5.400 DM pro Monat. Rechnet man das Kindergeld für fünf Kinder in Höhe von rund 500 DM hinzu, dann verfügte er über ein Nettoeinkommen von rund 6.000 DM.

Damit lag Slavik weit über dem Durchschnitt der damaligen Zeit. Mit 1.400 DM nämlich gaben die Statistiker das durchschnittliche monatliche Nettoeinkommen jener Jahre an.

Seine laufenden Ausgaben hat Slavik in einem Schreiben vom März 1974, in dem es um die Festsetzung von Pfändungsfreibeträgen ging, mit insgesamt 6.300 DM beziffert und zwar 1.550 DM für Miete, Telefon, Strom und Wasser, 1.300 DM an Haushaltsgeld, 970 DM Internatskosten für die drei Söhne, 830 DM Beiträge für Lebens-, Kranken- und Unfallversicherungen und 1.620 DM für Pkw einschließlich Steuern, Versicherungen, Benzin und andere Spesen.

Fahrtkosten, Spesen und auch die Anschaffungskosten für das Auto konnte Slavik als Betriebsausgaben steuermindernd geltend machen, außerdem kamen noch Kinderfreibeträge hinzu, so dass das monatliche Nettoeinkommen tatsächlich noch höher gewesen sein dürfte.

Wenn man außerdem noch berücksichtigt, dass die Ausgaben von Slavik in dem oben erwähnten Schreiben, in dem es um die Festsetzung von Pfändungsobergrenzen ging, mit der ihm eigenen Neigung zur Übertreibung höher angesetzt haben dürfte als sie tatsächlich waren, dann standen im Jahr 1972 einem Nettoeinkommen in Höhe von mindestens 6.000 DM Ausgaben zumindest in ungefähr gleicher Höhe gegenüber.

Im rein rechnerischen Durchschnitt hatten die Jahreseinkünfte pro Jahr bei 62.000 DM gelegen. Doch rechnerischer Durchschnitt bedeutet nicht, dass jedes Jahr gleich war. Die Zahlen des Jahres 1972 lagen deutlich über dem Mittelwert. Betrachten wir also den Zeitraum von 15 Jahren, die Zeit von 1960 bis 1974, dann ist dabei zu berücksichtigen, dass die Einkünfte Anfang der 60er Jahre deutlich niedriger gewesen sein dürften als die des Jahres 1972. Das legt auch die Betrachtung der Einkommensentwicklung der Bevölkerung insgesamt nahe. So lag das monatliche Nettoeinkommen eines 4-Personen-Arbeitnehmerhaushalts im Jahr 1960 noch bei 670 DM. Vergleicht man diesen Wert mit den 1.400 DM im Jahre 1972, dann kann man innerhalb von 12 Jahren ein Wachstum von über 100 Prozent konstatieren. Man kann also annehmen, dass das Bruttoeinkommen Slaviks im Jahr 1960 bei ungefähr 30.000 bis 40.000 DM gelegen haben dürfte, und man kann außerdem eine durchschnittliche Steigerungsrate zwischen fünf und sieben Prozent pro Jahr annehmen.

Die Bruttoeinkünfte im Jahr 1965 dürften dann also zwischen 50.000 und 60.000 DM gelegen haben, und im Jahr 1970 sind es wohl über 70.000 DM geworden. Umso erstaunlicher ist es, dass es Slavik trotz dieser weit überdurchschnittlichen Einkünfte nicht gelungen war, die Finanzierung des Hausbaus auf eine solide Basis zu stellen.

Hätte der Bau des Hauses tatsächlich summa summarum 250.000 DM gekostet, dann hätten die monatlichen Finanzierungskosten bei einem Zinssatz von 9,5 Prozent und einer Tilgungsrate von ein Prozent im Monat rund 2.200 DM betragen. Das alles gerechnet ohne jegliches Eigenkapital bei einer 100-prozentigen Finanzierung. Doch bei einem solch überdurchschnittlichen Einkommen wäre es ohne große Schwierigkeiten möglich gewesen, in den Jahren 1960 bis 1964 Eigenkapital in einer Größenordnung von mindestens 10.000 bis 15.000 DM anzusparen. Hätte Slavik im Durchschnitt nur 250 DM pro Monat gespart, dann wären innerhalb von fünf Jahren rund 15.000 DM zusammengekommen. Außerdem war es in der damaligen Zeit möglich, verbilligte Darlehen von Bausparkassen und anderen Anbietern zu erhalten, und kinderreiche Familien wurden damals außerdem noch besonders gefördert. Auch konnte er seine eigene Lebensversicherung, bei der es sich ja um eine Kapital bildende Versicherung handelte, bei der nicht nur das Todesfallrisiko abgesichert war, sondern gleichzeitig Geld angespart und verzinst wurde, bei der Finanzierung mit einbeziehen. Bei einem angesparten Eigenkapital von 15.000 DM wären höchstens noch 235.000 DM zu finanzieren gewesen – unter Einbeziehung der Lebensversicherung sogar noch deutlich weniger –, was bei einer um mindestens 1,5 Pro-zent günstigeren Finanzierung zu einer Belastung von maximal neun Prozent (inklusive ein Prozent Tilgung) geführt hätte. Und das hätte eine monatliche Belastung von rund 1.800 DM bedeutet.

Bei einem Bruttoeinkommen von 62.000 DM im dritten Viertel der 60er Jahre und einer Steuerquote von 29 Prozent wären ihm rund 44.000 DM verblieben, also etwa 3.700 DM im Monat. Nach Abzug der Finanzierungskosten für das Haus hätte er damit insgesamt noch 2.000 DM zur Verfügung gehabt, um den Lebensunterhalt zu bestreiten. Hier wäre dann auch noch das Kindergeld hinzugekommen, so dass damit die laufenden Kosten gut hätten bezahlt werden können. Warum also ging das Haus trotzdem verloren, und warum wurde von ihm zusätzlich noch ein gigantischer Schuldenberg aufgetürmt?

Wie kam es angesichts dieses hohen Einkommens dazu, dass Slavik sich in einer derart desolaten finanziellen Lage befand, die ja letztlich die Ursache für all seine Probleme war? Die ja auch der Grund dafür gewesen war, sich auf diese afrikanische Expedition zu begeben und die schließlich auch zu dem Zerwürfnis mit der Versicherungsgesellschaft geführt hatte.

Es bleibt im Dunkeln, warum es Slavik nicht gelang, eine Umschuldung hinzubekommen, die dem teurer gewordenen Hausbau eine solide Grundlage hätte geben können. Stattdessen ging das Haus 1971 verloren, und seine Schulden waren wie ein Krebsgeschwür im höchsten Stadium immer weiter und schneller gewachsen. Ende 1974 betrug allein das Minus auf dem Darlehenskonto bei der Versicherungsgesellschaft rund 100.000 DM.

Ab Februar 1974 zahlte Slavik keine Miete mehr, er lieh sich außerdem bei verschiedenen Leuten Geld und verschlechterte seine Lage immer mehr. Ab 1973 ging seine Frau putzen, weil sie keinen anderen Ausweg mehr sah, um wenigstens mit ihrem Haushalt über die Runden zu kommen.

Die verschiedenen Reisen nach Afrika in den Jahren 1973 und 1974 – allein 1973 war er rund vier Monate dort – führten dazu, dass Slaviks Provisionseinkünfte aus dem Versicherungsgeschäft deutlich zurück gingen. 1973 waren es einschließlich der Bestandsprovisionen nur noch 60.000 DM brutto, die er verdiente, das waren 36.000 DM weniger als im Vorjahr. Und auch im Jahr 1974 brachte er es nur noch auf 67.000 DM, 29.000 DM weniger als im Jahr 1972. Insgesamt führte das afrikanische Abenteuer zu Mindereinnahmen in Höhe von 65.000 DM, Mietschulden in Höhe von über 16.000 DM plus weiterer Schulden aus diversen Darlehen, insgesamt machten das rund 100.000 DM aus. Und das entsprach ziemlich genau der Summe, die er von dem deutschen Investor für eine Beteiligung an der Lobelia Enterprise verlangte.

Und ausgerechnet im Jahre 1972, in dem er ein Bruttoeinkommen von fast 100.000 DM hatte, lieh er sich von den Gebrüdern Gockel 25.000 DM und vom Bezirkschef Dezug auch noch einmal 26.000 DM. Warum lieh er sich solch große Beträge, obwohl er doch ein ziemlich gutes Einkommen hatte? Zu welchem Zweck brauchte er das Geld, für das er seine drei Autos als Sicherheit gab?

Es standen dem geliehenen Geld, wenn man von einer Urlaubsreise für 7.000 DM absieht, auch keine Gegenwerte gegenüber, die damit erworben worden waren. Kein Auto, kein Schmuck, keine Aktie, keine Immobilie oder sonst ein Wertgegenstand. Wofür also war dieses Geld?

Vielleicht führt die afrikanische Episode über die Rettung im letzten Augenblick, die sich in jener Nacht in dem Spielcasino von Mombasa zugetragen hatte, auf eine Spur. Um aus einer finanziellen Schieflage herauszukommen, hatte er versucht, beim Spiel sein Glück zu machen. Er ging nicht zu einer Bank oder lieh sich das Geld anderswo oder suchte sich einen Job. Nein, er ging an den Spieltisch. Wenn er das in aussichtsloser Lage als beste Lösung betrachtete, dann liegt die Vermutung nahe, dass das nicht der erste Versuch am Spieltisch war. Und es war bestimmt auch nicht der erste Versuch in Mombasa, bevor ihn schließlich das Glück jener Nacht ereilte.

War er also ein Spieler und verbargen sich hinter den verschiedenen Darlehen und Wechseln, die einen erheblichen Teil seines finanziellen Desasters ausmachten, in Wahrheit Spielschulden? Spielschulden, die vielleicht entstanden waren, um aus finanziellen Schwierigkeiten herauszukommen? Spielschulden, die sich angehäuft hatten bei den verzweifelten Bemühungen, frühere Verluste wieder auszugleichen? War er in den Teufelskreis des Spielers geraten, der immer von dem ganz großen Gewinn träumt, um am Ende alle Verluste vergessen zu machen?

Nehmen wir an, die finanzielle Lage infolge des Hausbaus wurde schwieriger. Die 150.000 DM, die er sich von der Versicherung geliehen hatte, reichten nicht, ihm fehlten weitere 100.000 DM. Und nun tat er nicht das Naheliegende und suchte nach einer zusätzlichen Finanzierung, wovon er zumindest auf einem seiner Briefköpfe vorgab etwas zu verstehen, dort stand nämlich: „*Slavinski Generalagentur. Versicherungen aller Art. Hypotheken, Finanzierungen*", sondern er begann zu spielen. Vielleicht hatte er früher schon gespielt, und er begann nicht jetzt erst damit. Aber er begann, jetzt um richtig hohe Summen zu spielen. Und als er 1967 von einem Bekannten fast 17.000 DM gewann, da schien seine Rechnung aufzugehen. Wenn er an einem Abend 17.000 DM gewinnen konnte, dann bräuchte er fünf bis sechs Abende, um die 100.000 DM zusammenzukriegen. Wozu eine komplizierte Finanzierung bei einer Bank, die Auskünfte verlangten und Sicherheiten? Slavik verließ sich darauf, Glück zu haben. Doch das Glück ist ein launischer Kamerad, und so türmte er bei seinem Versuch zu gewinnen, immer weitere Schulden auf.

Auch als Slavik Glück gehabt und jene 17.000 DM gewonnen hatte, da war der Verlierer gar nicht in der Lage gewesen, die Schuld zu bezahlen. 1967 erhielt er lediglich einen Fetzen Papier, ein Schuldanerkenntnis in Form eines Wechsels. Das Geld, das er damals dringend gebraucht hätte, war dann, als er es fast zehn Jahre später, Mitte der 70er Jahre, tatsächlich nach vielem Hin- und Her erhielt, wie Inflationsgeld. Es war nur noch einen Bruchteil wert, denn der Berg der Schulden hatte längst Höhen erreicht, die damit nicht mehr abzutragen waren.

Er spielte, und am Ende verlor er mehr als er gewann, und so wuchs das Defizit auf seinem Konto bei der Versicherungsgesellschaft, von dem er sich bediente. Außerdem lieh er sich noch Geld von anderen Leuten.

1967 hatte er nämlich noch eine wichtige Entdeckung gemacht: Er konnte nicht nur Sicherheiten vermitteln, er konnte auch Menschen, deren Vertrauen er gewonnen hatte, dazu bewegen, ihm persönlich ihr Geld zu geben. Die Seriosität der Gesellschaft und ihrer Produkte, die er vertrat, die er bewarb und für deren Qualität er vielfältige Argumente vorbringen konnte, übertrug sich auf ihn und das so gewonnene Vertrauen nutzte er für die Geldbeschaffung. Er ließ sich auch Geschäftspapier drucken, auf dem stand „*Generalagentur Slavinski Versicherungen und Vermögensanlagen*". Und so gab er sich als Vermögensberater aus, versprach pünktliche Rückzahlung und gute Zinsen. Er lieh sich nicht einfach Geld: Er stellte ein gutes Geschäft in Aussicht. Er konnte mühelos vorrechnen, wie mehr

Zinsen dabei herausspringen würden, und dass das Ganze auch noch steuerfrei sein würde, denn niemand müsse ja von diesem Geschäft erfahren. Eines der ersten Opfer war ein Rentner aus dem Ruhrgebiet, der Vater einer Schulfreundin seiner Frau, der ihm seine Ersparnisse in Höhe von 10.000 DM regelrecht aufdrängte. Slavik setzte einen Darlehensvertrag auf, nahm das Geld und verschwand. Als der Rentner sich dann in den folgenden Jahren mehrfach meldete, um sein Geld zurückzuverlangen, da ignorierte Slavik seine Briefe. Im März 1970 wurden die Forderungen zwar drastischer und er schrieb: *„Schämen Sie sich nicht, mich alten Rentner um seine Ersparnisse betrogen zu haben und durch falsche Angaben das Geld erschlichen zu haben?"* Und er drohte die Beantragung eines Offenbarungseides, den Erlass eines Haftbefehls und sogar eine Anzeige wegen Betruges an. Doch weiter geschah nichts, und Slavik hat das Geld auch nie zurückgezahlt. Auf den Rentner aus dem Ruhrgebiet sind zahlreiche weitere gefolgt. Einige haben ihr Geld zurückverlangt und sich nicht davor gescheut, den Klageweg zu beschreiten. Diese Vorgänge finden sich in den Akten. Wie viele aber darauf verzichteten, Rechtsanwälte zu beauftragen und Gerichte einzuschalten, um ihr Geld zurückzuverlangen, bleibt im Dunkeln.

Dem Spieler war die Zeit davon gelaufen. Der Konflikt mit der Gesellschaft hatte sich zugespitzt, während er alle Hoffnungen auf Kenia gesetzt hatte, aber diese Losnummer wurde nicht gezogen, da half auch keine Wallfahrt zur Grotte von Lourdes.

Die Gesellschaft hatte begonnen, die Drohung, die seit längerem im Raum stand, umzusetzen. Man zahlte ihm nur noch 50 Prozent seiner Provisionen aus, der Rest wurde für Zins- und Tilgungszahlungen verwendet und mit seinem Darlehenskonto verrechnet, die Schulden wurden mit marktüblichen neun Prozent verzinst. Bei einem Saldo von rund 100.000 DM waren das pro Jahr rund 9.000 DM. Doch bei Provisionserlösen von rund 100.000 DM pro Jahr hätte er seine Schulden nach ein paar Jahren zurückgezahlt.

Doch Slavik akzeptierte diese Regelung nicht und war auch nicht bereit, sich damit abzufinden. Er wollte seine Schulden offenbar überhaupt nicht zurückzahlen. Und nun tat er, was er früher auch hin und wieder gemacht hatte: Er kassierte Beiträge direkt in bar bei seinen Kunden und zwar von Oktober 1973 bis Dezember 1974 rund 13.000 DM, verrechnete diese Bareinnahmen mit seinen Provisionsansprüchen und umging damit den ihm auferlegten Rückzahlungsmodus. Damit überschritt Slavik die letzte rote Linie. Er machte der Gesellschaft gegenüber deutlich, dass er nicht bereit war, seine Schulden zurückzuzahlen, und dass er sich nicht an die getroffenen Vereinbarungen halten würde. Daraufhin eskalierte der Streit weiter, die Gesellschaft sprach die fristlose Kündigung aus und zeigte ihn auch noch wegen Unterschlagung an.
Die Kündigung vom 12. Dezember war für Slavik wenig überraschend, wie er im Februar 1975 dem Bundesverband Deutscher Versicherungskaufleute mitteilte, denn jemand aus der Düsseldorfer Bezirksdirektion hatte ihn bereits vorab über die Kündigung, die man gegen ihn vorbereitete, informiert.
Der gesellschaftliche Aufstieg war mühsam, anstrengend und langwierig gewesen. Er hatte von 1950 bis 1967 gedauert, 17 Jahre lang. Von 1967 bis 1971 konnte er sich noch gegen den Abstieg stemmen, ihn hinauszögern, doch dann ging es rasant bergab. Im September 1971 musste das Haus im Westerwald aufgegeben werden, und die Familie zog in ein wesentlich kleineres Reihenhaus in einem Düsseldorfer Vorort, das nur gemietet war. Dieses Haus musste im Januar 1975 geräumt werden, und es erfolgte der Umzug in eine Vierzimmer-Etagenwohnung, ebenfalls zur Miete in einer anderen Kleinstadt in der Nähe von Düsseldorf.
Die Mietschulden beliefen sich Ende 1974 auf über 16.000 DM, der Vermieter hatte die Zwangsräumung erwirkt, das Auto war gepfändet, der Schuldenberg weiter gewachsen, und er hatte den Job, der ihm in den letzten Jahren ein gutes Einkommen beschert hatte, verloren. Aufgrund der fristlosen Kündigung, für die er durch sein eigenmächtiges und unkooperatives Verhalten Anlass gegeben hatte, die auch noch mit einer Strafanzeige verbunden wurde, verlor er außerdem alle Ansprüche aus seinem Handelsvertretervertrag. Die Gesellschaft hätte ihm

sonst für die Kündigung des Vertrages zum Ausgleich zumindest den Gegenwert der Provisionen eines ganzen Jahres zahlen müssen. Insgesamt wären das rund 80.000 DM gewesen.

Als sich nun das gesamte Ausmaß der Katastrophe abzeichnete, das Auto, wichtigstes Hilfsmittel, um seine Tätigkeit als Vermittler ausüben zu können, gepfändet war, das Haus und die Arbeit verloren, und er außerdem noch einen Strafprozess am Hals hatte, als Slavik also fast vollkommen am Ende war, da schrieb er am Samstag, dem 14. Dezember, einen Brief an seinen ältesten Sohn, der mit einer idyllischen Schilderung der verschneiten Straßen begann und sich als ein *„liebes kleines Briefchen"* ankündigte. Doch auch wenn der Brief von den Vorfällen, die Slaviks eigene Existenz und die der gesamten Familie bedrohten, kein Wort verlor, kein Wort davon, dass er gerade seine Arbeit und damit die Grundlage ihrer aller Existenz verloren hatte, kein Wort davon, dass sie das Dach über dem Kopf demnächst verlieren würden, und kein Wort davon, dass das Auto weggepfändet worden war, ein liebes kleines Briefchen ist das Schreiben dennoch nicht geworden.

Zunächst ging es um die beiden jüngeren Brüder, die mit einer Reihe von Problemen in der Schule auffällig geworden waren und um die sich der Älteste nun kümmern sollte. Obwohl die Weihnachtsferien kurz bevorstanden, so dass Slavik selbst Gelegenheit haben würde, mit den Söhnen über die im Internat aufgetretenen Probleme zu reden und sie zurechtzuweisen, beauftragte er zehn Tage vor Weihnachten damit den Ältesten. Das, was eigentlich seine Aufgabe gewesen wäre, übertrug er auf den Sohn. Glaubte er, keine Gelegenheit mehr zu einem Gespräch mit den Kindern zu haben?

Und an der Stelle im Brief, an der er die Verantwortung auf den Ältesten übertrug, wechselte er vom „ich" zum „wir", bezog hier scheinbar die Mutter mit ein, aber tatsächlich wechselte er in den Pluralis Majestatis: *„Wir wären sehr glücklich,"* schrieb er, *„wenn Du Dich ein wenig darauf verständigen würdest, auch Deinen Brüdern gegenüber eine Führungsposition einzunehmen. Tue doch solches uns zuliebe und besonders Mutti ist Dir für solche Hilfe dankbar."*

Und dann bediente er sich auch noch einer militärischen Terminologie, wechselte wieder vom „wir" zum „ich" und schrieb wie ein General, der seine Truppen auf schwere Zeiten einschwören muss: *„Ich habe im tiefsten Inneren den Wunsch, mit Euch allen durch Dünn und Dick zu marschieren und dazu brauche ich Euer aller Solidarität, im besonderen Maße aber Deine Treue, denn auf Dich schauen alle Deine Geschwister. Das mag eine unverdiente Belastung sein, es ist aber auch zugleich ein Stück von dem Kreuz, was wir in diesem Leben für einander zu tragen haben. Übe Dich schon jetzt in der Rolle des Kreuzträgers für die anderen, es kann Dir im künftigen Leben nur dienen."*

Hier dachte er wohl vor allem an die eigene Existenz bedrohende Lage, und man gewinnt den Eindruck, als bereitete der König für den Fall der Fälle schon seine Nachfolgeregelung vor, so als würde er damit rechnen, dass er selbst die Rolle des Anführers und Familienoberhauptes demnächst nicht mehr würde spielen können.

Indem er die Verantwortung übertrug, benutzte er eine Analogie aus dem Neuen Testament: Als Jesus auf dem Weg zu seiner Hinrichtung auf dem Berge Golgatha unter dem schweren Kreuz zusammengebrochen war und keine Kraft mehr hatte, es weiterzuschleppen, da wurde Simon von Cyrene, ein zufällig des Weges kommender Passant, von den römischen Soldaten gezwungen, das Kreuz den Berg hinauf zu schleppen. Slavik, der Vater, sah sich offenbar auf dem Weg zu seiner eigenen Hinrichtung, auf dem Weg zur Vernichtung seiner eigenen Existenz und suchte nach Unterstützung, weil er die Aufgaben als Vater und Ernährer nicht mehr würde erfüllen können, wenn er im Gefängnis wäre. Und so übertrug er die Last der Verantwortung für die anderen auf den ältesten Sohn.

V

Die fehlende Bereitschaft, seine finanziellen Angelegenheiten in Ordnung zu bringen und mit der Gesellschaft einen für beide Seiten akzeptablen Kompromiss zu finden, hatte zur Katastrophe im Dezember 1974 geführt. Slavik hatte sich mit einem Schlag von allen Schwierigkeiten befreien und mit einem sensationellen Erfolg wie Phönix aus der Asche erheben wollen. Die Welt der kleinen Schritte, die Welt des Sparens und der Ratenzahlungen war nicht die seine, die war ihm viel zu klein, viel zu spießig, viel zu miefig und viel zu kleinkariert.

Doch die Suche nach dem ganz großen Ding entpuppte sich als die erfolglose Suche nach seinem heiligen Gral und als eine Flucht, die seine Lage auch noch dramatisch verschlechterte. Allein das Kenia-Projekt hatte ihn fast 100.000 DM gekostet. Dabei hätte er sich angesichts der hohen Einkünfte, die er erzielen konnte, wenn er sich voll und ganz auf seine Arbeit konzentriert hätte – rund 100.000 DM waren es 1972 gewesen –, nach einigen Jahren sanieren können. Wenn die Familie gespart und sich eingeschränkt hätte, dann wäre Slavik die Schulden nach ein paar Jahren los gewesen. Doch eine solche Lösung kam für ihn nicht in Betracht, er widersetzte sich ihr sogar mit allen Mitteln. Stattdessen trug er zur weiteren Eskalation des Streits mit der Gesellschaft bei und goss weiter Öl in ein immer stärker aufloderndes Feuer.

Warum wollte oder konnte er sich nicht einschränken? Und warum kaufte er ausgerechnet in dieser Zeit einem jungen Mann, der auch noch in seinem Haus wohnte, einen teuren Porsche? Gab es da noch etwas anderes, das er finanzieren musste und das er nicht aufgeben wollte oder das er nicht aufgeben konnte?

Wenn auch die gleichgeschlechtliche Liebe seit September 1969 nicht mehr strafbar war, so blieb doch die gesellschaftliche Ächtung für jeden, der sich offen dazu bekannte, bestehen. Viele Jahrzehnte war es ein Vergehen, das rigoros verfolgt wurde, die Polizeidienststellen führten sogar entsprechende Listen, und so hatten sich die Homosexuellen mit der Illegalität arrangiert und führten ein doppeltes Leben. Daran änderte auch die Gesetzesnovelle von 1969 zunächst nichts. Nicht wenige Homosexuelle waren verheiratet und wollten ihre Familien nicht verlieren, denn das hätte ihr öffentliches Bekenntnis unweigerlich bedeutet. Man führte stattdessen weiterhin neben dem offiziellen Leben noch ein heimliches zweites. Man hatte sich in einer Parallelwelt eingerichtet, die sich in speziellen Lokalen, Saunen, Hinterzimmern und öffentlichen Toiletten abspielte, immer verbunden mit der Angst vor Entdeckung, Erpressung und sozialer Ächtung.

War also die tiefere Ursache für alle anderen Probleme Slaviks Vorliebe für junge Männer, und war Schorsch mehr als nur eine kurze Affäre? War diese Leidenschaft so groß geworden, dass er darüber alle anderen Verpflichtungen vernachlässigt hatte, so dass er das Haus und seine finanziellen Fähigkeiten verlor, weil der geliebte und dazu drogensüchtige Freund alles von ihm forderte und er alles bereitwillig gab?

Zwei Monate vor der Katastrophe im Dezember schrieb er an seinen ältesten Sohn einen Brief, der mit *„privat letter!"* in dieser falschen englischen Schreibweise und mit Ausrufezeichen überschrieben war und der hierzu Hinweise liefert. Es ging vordergründig um ein Theaterstück, doch es ging um viel mehr. Es ging auch nicht nur um das Thema Sex, das der Vater anlässlich dieses Theaterabends mit seinem 15-jährigen Sohn erörterte. Es ging vielmehr um Homosexualität, denn davon handelte das Stück. Zunächst fasste er die Handlung des Stückes mit dem Titel „Equus" folgendermaßen zusammen:

„*Der Ort der Handlung war das Sprechzimmer eines Psychiaters, eines Seelenheilers also, behandelt wurde ein junger Mann von ca. 17 Jahren, Grund der Behandlung: Perversitäten. Im Verlauf des Stücks wurde dargelegt, daß die Eltern des Boy's teils verlogen, teils puritanisch und z.T. auch religiös irregeleitet waren. Diese Irrungen haben beim Vater dazu geführt, daß er atheistisch wurde, die Mutter, eine frühere Lehrerin, blieb dagegen in strengen moralischen Gesetzen verhaftet. Der Junge hatte in frühester Jugend eine Zuneigung zu einem Pferd und daraus entwickelte sich eine Verherrlichung, die fast mystisch wurde. Mit zunehmender Reife in seiner Sexualität gab es für diesen Boy kein größeres Spannungsfeld als dieses ‚göttliche Pferd' und an diesem hat er sich dann auch vergangen. Als dann ein Mädchen von ihm geliebt werden wollte, war er unfähig zu diesem Liebesspiel, denn sie hatte ihn zu diesem Zweck in den Pferdestall gelockt und sein ‚göttliches Pferd' schaute bei diesem Akt zu. Enttäuscht von seiner eigenen Unfähigkeit gegenüber dem verlangten Liebesspiel mit dem Mädchen, steigerte sich sein Zorn so stark, daß er all den hier zuschauenden Pferden die Augen ausgestochen hat und nun dieserhalb beim Gerichts-Psychiater landete. (...) Soweit in kurzen Zügen die Schilderung über das dargebotene Stück, ich muß nur noch nachtragen, daß die Verlogenheit vom Vater des Boy's einzig darin bestand, daß er von seinem Jungen ein sittenreines Verhalten abverlangt hat, während er selbst, unter Vorgabe aller möglichen geschäftl. Verpflichtungen, in alle dargebotenen Pornofilme gegangen ist. Mutter hat dagegen am häuslichen Kamin gesessen und war davon erzeugt, daß ihre Lieben brav sind und in jeder Weise gerecht leben."*

Der Junge, um den es hier ging, war offensichtlich homosexuell und das Pferd das Symbol für den übermächtigen Phallus, dem er verfallen war. Er war der Grund, weshalb er bei der jungen Frau versagte und den Pferden die Augen ausstach. Dieser Junge wurde nun als „Perverser", der der Behandlung eines Psychiaters – eines Irrenarztes also – bedurfte, hingestellt. Das wiederum löste bei Slavik eine so heftige Abwehrreaktion aus, dass ein dreiseitiger, engzeiliger mit Schreibmaschine geschriebener Brief entstand. Er war empört über das Stück, weil die Sexualität hier *„nur in Perversionen und destruktiven Betrachtungen angegangen"* wurde. Slavik hielt dem entgegen, dass die Menschen doch von Gott so viele gute Eigenschaften und Fähigkeiten erhalten hätten, zu denen auch das Gefühlsleben einschließlich der Sexualität gehöre. *„Diese Fähigkeiten sind so phantastisch, so schön und eigentlich in jeder Weise konstruktiv."*

War es sein eigenes Gefühlsleben, das er hier vor dem Vorwurf der Perversion in Schutz nehmen wollte und das er sich weigerte, in Kategorien der Krankheit und der Abnormität pressen zu lassen? Er schrieb dann davon, dass ihm niemand etwas verboten hätte und er eigentlich alles hätte mitnehmen können, *„auch den zügellosen Sex"*, aber den habe er sich versagt, denn seine Zügel *„waren zugleich die Sehnsucht nach (...) einer Familie (...) und zwar einer möglichst sehr normalen, d.h. gesunden."*

Einerseits war da der zügellose Sex, auf den er verzichtete, andererseits räumte er ein, seine Leidenschaften auch nicht immer im Griff zu haben und kein Heiliger zu sein, sondern ein Mensch, bei dem *„auch alles destruktive möglich war, und möglich ist."* Doch welche destruktiven Leidenschaften hatte er damit gemeint, die ihn in Versuchung geführt und gegen die er angekämpft, denen er sich hingegeben hatte und wofür er zur Entschuldigung den Apostel Paulus mit dem Satz zitierte: *„Es kommt nicht darauf an, daß man in allen Fällen der Sieger ist, wohl aber darauf, daß man stets zum Kampf bereit ist!"* Und hörte sich das nicht schon fast wie Oscar Wilde an, der den älteren Lord Henry zu dem jungen, von ihm begehrten Dorian Gray sagen lässt: *„Der einzige Weg, eine Versuchung zu bestehen, ist, sich ihr hinzugeben."*

Doch welche Leidenschaften und Versuchungen hatte er gemeint, er, der seine Frau nach der Geburt der jüngsten Tochter im September 1967 nicht mehr angerührt hatte?

Auf andere Frauen gibt es in seinem Leben überhaupt keine Hinweise. Er flirtete nicht mit anderen Frauen oder turtelte mit ihnen herum, ganz im Gegenteil, er hatte eher eine gewisse Abneigung und Verachtung für sie übrig. In seinem Leben gibt es nicht einmal den Hauch eines Hinweises auf irgendwelche Frauengeschichten, nein, hier tauchten immer nur junge Männer auf.

Es wird wohl das Jahr 1957 gewesen sein, er war fast 32 Jahre alt, als er sich entschloss zu heiraten und eine Familie zu gründen. Wahrscheinlich wollte er nun das alte zügellose Leben, das er sich mit dem überdurchschnittlichen Einkommen eines Versicherungsvertreters leisten konnte, beenden und mit diesem Laster endgültig aufhören. Er wollte es sich abgewöhnen, so wie man sich das Rauchen abgewöhnt, und ein anständiges, normales, bürgerliches Leben führen und kaufte sich als sichtbares Zeichen für diesen Vorsatz Anfang Mai 1957 eine teure Bibel mit Goldrand. Aber die guten Vorsätze hielten seine Leidenschaften nur eine Zeitlang im Zaum, und dann brachen sie sich erneut Bahn. Da war zunächst Anfang der 60er Jahre der Kellner auf den Kanarischen Inseln, dann Ende der 60er Jahre Schorsch, es folgte Anfang der 70er Jahre ein Mann aus der Düsseldorfer Altstadt, mit dem er *„zu anderen Ufern geschwommen"* war und dann war da der junge Mann, dem er den Porsche kaufte und der eine Zeitlang in seinem Haus wohnte. Da waren die beiden Kellner auf Gran Canaria, die er später auch noch in Belgien besuchte und die ihn mit ihrer alabasterfarbenen Haut sehr stark an Schorsch erinnerten. Und war vielleicht auch eines der Motive für das Kenia-Abenteuer die gefahrlose Möglichkeit, dort diesen Neigungen nachgehen zu können und das zu einem Bruchteil des Preises, den es zuhause gekostet hätte? Und diente der treue Männerbund auch als Tarnung dafür, um sich diesen Leidenschaften hingeben zu können?

War sein Doppelleben der Grund, in den Westerwald zu ziehen und eine möglichst große Distanz zwischen die beiden Leben zu bringen, damit sie sich nicht zufällig irgendwo begegneten und durch einen dummen Zufall alles herauskäme? Er verringerte durch die Vergrößerung der Entfernung die Gefahr der Entdeckung. Es gab keine zufälligen Bekanntschaften, keine aufkommenden Gerüchte oder ähnlich unkontrollierbare Unwägbarkeiten.

Waren also sein Doppelleben und die Tatsache, dass er sich seiner destruktiven Leidenschaft nicht entziehen konnte, letztlich der Grund für das finanzielle Desaster, bei dem das Geld für zwei Leben nicht reichte? Lag hier die Ursache für das gesamte Drama, das zusätzlich durch Glücksspiele um hohe Einsätze verschärft wurde?

Im Spiel um Geld lag die Chance, die Mittel für das doppelte Leben zu gewinnen, doch letztlich führte es nur zu hohen Verlusten, so dass es nicht einmal mehr für ein einfaches Leben reichte.

Doch was will und kann man dem vaterlosen Kind, das von der Mutter ins Waisenhaus abgeschoben worden war und das in Institutionen aufwachsen musste, in denen – wie wir heute wissen – der Schutz der Kinder und Jugendlichen vor fragwürdigen Zudringlichkeiten nicht immer gewährleistet war, vorwerfen? Ihm, der mit seinen Neigungen und Leidenschaften in einer Zeit lebte, die dafür wenig Verständnis hatte und ihn zu einem Versteckspiel und zu einer doppelten Moral zwang?

Wie sehr er auch hin- und hergerissen war zwischen den zwei Leben, die er versuchte unter einen Hut zu bringen. Letztlich war es ihm nicht gelungen, denn der Hut war dafür zu klein.

VI

Mit der Gesellschaft, die ihm fast 15 Jahre lang ein gutes Auskommen gegeben und ihn mit zwei Darlehen bei seinem Hausbau unterstützt hatte, war er so sehr zerstritten, dass sie ihm, der für sie Versicherungsverträge mit einem Gesamtvolumen von 24 Millionen DM vermittelt hatte, nicht nur fristlos gekündigt, sondern ihn auch noch wegen Unterschlagung angezeigt und vor Gericht gebracht hatte.

Bei der Auskunftstelle über den Versicherungsaußendienst, einer speziellen Informationsstelle, die von den Versicherungsunternehmen betrieben wurde und auch heute noch in Hamburg existiert, wurden Daten über Außendienstmitarbeiter gesammelt und den angeschlossenen Versicherungsunternehmen zur Verfügung gestellt. Man wollte so sicherstellen, dass nur Personen als Vermittler tätig wurden, die sich nichts haben zuschulden kommen lassen und zuverlässig waren.

Bei dieser Auskunftei war nun registriert, dass Slaviks Vermittlungsverhältnis fristlos gekündigt worden und gegen ihn ein Strafverfahren wegen Unterschlagung anhängig war.

Wer als Vermittler von Sicherheiten tätig sein wollte, musste vertrauenswürdig und zuverlässig sein. Ein guter Leumund war das wichtigste Kapital des Vermittlers. War das verbraucht und der gute Ruf dahin, musste er seine Tätigkeit beenden. Kein Versicherungsunternehmen würde mit einem Makler zusammenarbeiten, dessen Vertrag fristlos gekündigt worden war und der sich wegen Unterschlagung vor Gericht verantworten muss.

Damit gab es für Slavik auch keine Möglichkeit mehr, für eine andere Gesellschaft als Vermittler tätig zu werden: Er konnte seinen Beruf nicht mehr ausüben. Niemand würde ihn in dieser Branche mehr nehmen.

Die Mitgliedschaft im Bundesverband Deutscher Versicherungskaufleute wurde dann auch mit Schreiben des Verbandes vom 24. November 1975 beendet. *„Da Sie Ihre Tätigkeit als selbständiger Versicherungskaufmann nicht mehr ausüben, erklären wir uns ohne Berufung auf die satzungsgemäße Kündigungsfrist (...) bereit, Ihre Mitgliedschaft zum 31.12.1975 aufzuheben."*

Und so versuchte Slavik sich als Koch und als Lampenverkäufer, er bewarb sich für die Außendienststelle einer Schallplattenfirma und als Vertreter eines Telefonbuch-Verlages. Aber was auch immer er versuchte: Nichts wollte mehr glücken.

Von April bis Juni 1975 arbeitete er in der Gaststätte eines Bekannten in Düsseldorf als Koch. Doch der weigerte sich, ihn angemessen zu bezahlen und enthielt ihm einen Teil seines Lohns – der vereinbarte Stundenlohn lag bei 7,50 DM – vor. Erst nachdem Slavik Klage bei Gericht erhoben hatte, erhielt er das restliche Geld.

Und als er im Sommer 1975 einer Hamburger Versicherung eine Lebensversicherung mit einem Gesamtvolumen von 120.000 DM vermittelte, da versuchte man, ihn um die Hälfte seiner Provision zu bringen. Erst mit Hilfe des Gerichts konnte Slavik seine Ansprüche schließlich durchsetzen.

Slavik führte fast zwei Jahre, von 1975 bis 1977, ein Verfahren gegen die Gesellschaft und wehrte sich gegen die fristlose Kündigung seines Vermittlervertrages. Er ging durch alle Instanzen, vom Landgericht zum Oberlandesgericht und von dort bis zum Bundesgerichtshof. Er schöpfte alle Rechtsmittel bis zur Neige aus, doch vergeblich, er unterlag in allen drei Instanzen und es blieben ihm nur hohe Anwalts- und Gerichtskosten.

Lediglich bei den beiden Strafverfahren wegen Unterschlagung, die gegen ihn eingeleitet worden waren, konnte er Erfolge verzeichnen.

Die Gesellschaft hatte mit der fristlosen Kündigung ein Verfahren wegen Unterschlagung gegen ihn eingeleitet und Anzeige bei der Staatsanwaltschaft erhoben. Im Juli 1975 wurde ihm die Anklageschrift zugestellt. Darin warf man ihm vor *„in der Zeit vom Oktober 1973 bis Dezember 1974 durch 4 selbständige Handlungen die ihm durch Rechtsgeschäft eingeräumte Befugnis, über fremdes Vermögen zu verfügen mißbraucht zu haben, und dadurch dem, dessen Vermögensinteressen er zu betreuen hatte, Nachteile zugefügt zu haben."* Insgesamt habe er in diesem Zeitraum Versicherungsprämien in Höhe von 12.344,50 DM bei Kunden kassiert, diese aber nicht an die Gesellschaft abgeführt. Die mündliche Verhandlung fand am 10. Dezember 1975 in der Düsseldorfer Altstadt vor dem Amtsgericht statt und führte zu einer Einstellung des Verfahrens. Es war das, was man einen Freispruch 2. Klasse nennt. Slavik hatte sich zwar nicht korrekt verhalten, aber ein eindeutig strafbares Verhalten konnte ihm auch nicht nachgewiesen werden. Er hatte in einer Grauzone agiert, und so war seine Weste zwar nicht blütenweiß, aber zu einer Verurteilung hatte es auch nicht gereicht.

Das Strafverfahren, das der Geschäftsmann Viersing wegen der gemeinsamen Kenia-Aktivitäten gegen Slavik betrieben und im August 1974 zur Einleitung eines Ermittlungsverfahrens geführt hatte, wurde im Juni 1976 eingestellt. Viersing hatte Slavik beschuldigt, aus dem gemeinsamen Kenia-Projekt Geld für sich selbst entnommen zu haben. Wie viel genau an den Vorwürfen dran gewesen sein mag, bleibt ungeklärt, sie waren jedenfalls für die Staatsanwaltschaft so gewichtig, dass sie fast zwei Jahre lang ermittelte.

Es dauerte einige lange Jahre, bis sich wieder eine neue Chance bot, und auch dieses Mal ging es wieder um Immobilien, so als wäre es eine Obsession, von der er besessen war oder die von ihm nicht abließ, je nachdem wie man es betrachtete. Das im Westerwald gebaute Haus ging 1971 verloren, die

Vermarktung des Areals vor den Toren Düsseldorfs verlief 1972 nicht nur im Sande, sondern führte auch noch zum Rechtsstreit mit dem Grafen. Das Hotel-Projekt in Kenia erwies sich im Laufe des Jahres 1974 als Luftschloss.

Und nun wieder ein Projekt, bei dem es um Immobilien, um den Bau und die Vermarktung von Häusern und Wohnungen ging. Doch dieses Mal schien tatsächlich endlich etwas zu gelingen.

Radewohl, ein Gastwirt, der am Niederrhein in einem alten Schlossturm ein Ausflugslokal mit einem weithin bekannten und beliebten Restaurant betrieb, das sich an den Wochenenden großer Beliebtheit erfreute, besaß dort verschiedene weitere Grundstücke. Slavik hatte ihm im Herbst 1974 eine hohe Versicherungspolice vermittelt und ihn auch danach immer wieder in Versicherungs- und Finanzierungsfragen beraten. Dieser Gastwirt plante nun auf den Ländereien, die sich rings um den Schlossturm herum ausbreiteten, eine Reihe von Wohnhäusern zu bauen. Und Slavik gelang es, ihn davon zu überzeugen, dass er der richtige Mann wäre, um diese Pläne zu verwirklichen. Es muss in den Jahren 1976 und 1977 gewesen sein, als es immer konkreter wurde und es um Baugenehmigungen, Vermessungspläne, die Parzellierung der Grundstücke und die Finanzierung ging. Offenbar hatte Slavik zumindest so viel aus den gescheiterten Projekten gelernt, dass er den Herrn des Schlossturms und der drum herum liegenden Ländereien von seiner Sachkenntnis und Erfahrung auf diesem Gebiet überzeugen konnte. Und vielleicht wusste er nun tatsächlich, wie man es richtig anpacken musste.

Slavik sprach mit Architekten, verhandelte mit Banken und sondierte die Lage bei den zuständigen staatlichen Behörden. Offiziell war er arbeitslos, das Geld, das er bekam, stammte aus Kassen, die in keinen Büchern vermerkt waren und von denen kein Finanzamt wusste. Aus derselben dunklen Quelle hatte er 1974 geschöpft und Radewohl jene hohe Lebensversicherung vermittelt, und der hatte ihm dafür die Prämie in Höhe von 3.500 DM bar auf die Hand gegeben. Slavik wusste wohl, dass es sich um unversteuertes Geld handelte, und vielleicht war er es ja sogar gewesen, der ihm diesen für ihn selbst auch nützlichen Weg aufgezeigt hatte, das Geld zu legalisieren und zudem steuersparend einzusetzen. Slavik selbst befand sich damals im Streit mit der Gesellschaft um seine Provisionen, und so behielt er dieses Geld gleich für sich und verrechnete es mit seinen Provisionsansprüchen.

Radewohl jedenfalls verfügte über ein beträchtliches Reservoir an Geld, das er wohl an den Finanzbehörden vorbeigeschleust hatte und mit Slavik hatte er jemanden gefunden, der wusste, wie man dieses Geld nutz- und gewinnbringend einsetzen und es dabei auch noch legalisieren konnte.

Und zumindest in der ersten Zeit erhielt Slavik wohl auch aus diesen Quellen seine Bezahlung, und so musste er davon nichts abgeben, weder Steuern, noch andere Abgaben für Renten, Kranken- und Arbeitslosenversicherung, und auch seine Gläubiger erfuhren davon nichts. So war beiden gedient. Nach außen hin blieb Slavik mittel- und arbeitslos. Und so konnte er es sich, obwohl offiziell arbeitslos und hoch verschuldet, leisten, im März 1977 mit der ganzen Familie in den Osterferien nach Gran Canaria zu fahren und dort mit sieben Personen in einem Drei-Sterne-Hotel mit Vollpension zu logieren.

Sein Schuldenstand dürfte zu diesem Zeitpunkt bei rund 150.000 DM angekommen sein: Rund 100.000 bei der Gesellschaft, dazu Steuerschulden in Höhe von ein paar Zehntausend Mark, und hier und da noch ein paar Gläubiger mit kleineren Beträgen und das alles zuzüglich Zinsen. Der gute Name war verspielt, die Glaubwürdigkeit dahin und der Schuldenberg hatte den Gegenwert eines Einfamilienhauses erreicht.

Und nun, da er eine lukrative Tätigkeit in Aussicht hatte, hätte er Pläne für die Rückzahlung seiner Schulden machen können, um seine Bonität und seinen guten Ruf und auch den seiner Frau wiederherzustellen. Die Möglichkeit einer Privatinsolvenz gab es damals noch nicht. Doch solche Pläne machte er nicht, ganz im Gegenteil. Obwohl er den Behörden gegenüber noch als arbeitslos galt, eine offizielle Tätigkeit hatte noch nicht begonnen und er sich aufgrund der verspielten Bonität auch bei keinem Geldinstitut, keiner Sparkasse, keiner Hypothekenbank und keiner Bausparkasse Geld leihen konnte, beschloss er, erneut ein Haus zu kaufen. Derjenige, den er dazu auserkoren hatte, die Last dieser Hypothek auf sich zu nehmen, war sein ältester Sohn, der gerade 18 Jahre alt geworden war und dessen Kreditwürdigkeit noch nicht verbraucht war. Er war zwar nur Schüler, der gerade sein Abitur machte und kein eigenes Einkommen hatte, aber für Slavik war es nicht schwer, mit wenigen Sätzen, die er geschickt wie ein Maler seine Pinselstriche führte, eine neue Figur zu erschaffen und aus dem mittellosen Schüler einen Versicherungsvertreter mit einem Jahreseinkommen von 40.000 DM zu machen, der sogar über ein Eigenkapital von 12.000 DM verfügte. Aus welchen Quellen diese 12.000 DM auch stammten, es gelang jedenfalls, den Kredit zu bekommen und im Juni 1978 wurde ein stark sanierungsbedürftiges Reihenhaus in einer Stadt in der Nähe von Düsseldorf zum Preis von 180.000 DM gekauft. Slavik benutzte außerdem den Sohn dazu, den Makler, der das Haus vermittelt hatte, um seine Provision zu bringen, und der Sohn machte dann auch vor Gericht die mit dem Vater und dem Rechtsanwalt vorher abgesprochenen Aussagen.

Damit hatte der Sohn die Rolle als Kreuzträger für den Vater übernommen, die der für ihn unter Beschwörung von Treue und Solidarität vorgesehen hatte.

Slavik war offiziell mit allen steuerlichen und sozialversicherungspflichtigen Konsequenzen ab dem 1. November 1978 als Geschäftsführer der neu gegründeten Wohnungsbaugesellschaft tätig und verfügte sogar über einen eigenen Dienstwagen. Dreißig Jahre nachdem das Schicksal ihm jenen Freiherrn in die kalte Schneiderwerkstatt geschickt und aus ihm einen Vermittler von Sicherheiten gemacht hatte, war Slavik dank des Schlossturmherrn nun zum Geschäftsführer eines Immobilienunternehmens geworden. Das, was vor den Toren Düsseldorfs gescheitert und in der Hitze Afrikas nicht gelungen war, schien endlich hier in der ländlichen Idylle des Niederrheins Gestalt anzunehmen. Das Blatt hatte sich offenbar gewendet, für Slavik ging es endlich wieder aufwärts. Endlich, nach all den Misserfolgen und den Jahren der Arbeitslosigkeit. Und so arbeite er hart. Er wollte es allen nochmal zeigen, mittlerweile war er 53 Jahre alt, mit Slavik Slavinski war noch zu rechnen, er war noch nicht tot, und dieses Mal würde er es endlich schaffen.

Für das neu gekaufte Haus mussten die monatlichen Raten aufgebracht werden und die Renovierungskosten für den Altbau, der über keine Zentralheizung verfügte und dessen sanitären Einrichtungen mehr als ungenügend waren, waren ganz erheblich und wuchsen Monat für Monat. Modernisierungskosten in Höhe von 160.000 DM kalkulierte der beauftragte Architekt. Die Lasten wogen schwer und der Druck nahm zu. Acht Monate und acht Tage nachdem er die neue Tätigkeit als Firmenchef offiziell übernommen hatte, da machte sein Herz nicht mehr mit. Im Juni 1979 wurde er wegen eines Herzanfalls ins Krankenhaus eingeliefert. Doch er konnte sich von so einer Kleinigkeit jetzt, da es endlich wieder aufwärts ging, nicht aufhalten lassen. Er machte kurzerhand das Krankenzimmer zu seinem Büro, ließ sich ein Telefon anschließen und führte seine Geschäfte von hier aus weiter. Und dann dauerte es nicht mehr lange und es traf ihn mit noch größerer Wucht, so als wäre er mit einem Güterzug zusammengestoßen: Ein Schlaganfall streckte ihn nieder. Danach war er nicht nur teilweise gelähmt, nein, was viel schlimmer war: Seine Zunge versagte ihre Dienste. Slavik war plötzlich fast sprachlos. Seine Zunge, das für ihn wichtigste Organ, verweigerte sich ihm. Sie, mit der er so vieles erreichen konnte, mit der er begeistert, beschwichtigt, gelogen, getäuscht, betrogen, umschmeichelt und gedroht hatte, sie funktionierte nicht mehr.

Sie, die er elegant wie einen Degen führen und mit der er rücksichtslos wie mit einem Säbel zuschlagen konnte. Mit der er in Trance reden und die er schmerzhaft wie eine Peitsche schwingen konnte. Die Zunge, mit der in die tiefsten Gefühle eindringen und Seelen penetrieren konnte, sie, die die Grundlage seiner ganzen Macht war, funktionierte nicht mehr, gehorchte ihm nicht mehr, versagte ihre Dienste. Mit ihr hatte er seine Frau in Schach und seine Kinder unter Kontrolle gehalten. Rohe Gewalt war seine Sache nicht. Nein, für ihn stand am Anfang das mit der Zunge erzeugte Wort. Und nun war die Zauberkraft seiner Zunge dahin, sie war einfach erloschen. Er lallte nur noch.

Es gab Zeiten, da wurden Übeltaten, die durch Sprechen, also mit Hilfe der Zunge begangen worden waren, durch Verstümmelung, Abschneiden oder Herausreißen der Zunge geahndet. War das Versagen seiner Zunge also so etwas wie die Strafe des Schicksals für seinen leichtfertigen Umgang mit ihr? Weil er sie nicht im Zaum halten konnte? Weil er sie Dinge versprechen ließ, die er nicht einhalten konnte, Zusagen geben, an die er sich nicht gebunden fühlte?

Und dabei hatte er der Zunge alle Wertschätzung erwiesen, die man ihr erweisen konnte. Ja, er hatte einen regelrechten Zungenkult entwickelt und sie zu der gastronomischen Spezialität des Hauses gemacht. So gab es bei großen Festtagen und Feierlichkeiten zum Mittagessen Zunge und zwar vom Rind, dem Wiederkäuer, gepökelt oder unmariniert. Zartes Fleisch, das Slavik es sich nicht nehmen ließ, selber zuzubereiten, es aufzuschneiden und die einzelnen Scheiben den Gästen zu kredenzen. Insbesondere die Zungenspitze, sie war das köstlichste Stück, sie war butterweich und wurde als besondere Spezialität gereicht. Doch nun war es mit seiner Zunge, auf der er gewöhnlich herumkaute wie auf einem Kaugummi, um sie an seinen Zähnen wie an Schleifsteinen zu wetzen, vorbei.

Und anders als Sisyphus hatten ihn nun alle Kräfte verlassen, noch ehe er den Felsstein erneut nach oben rollen konnte, war er heruntergestürzt und lag nun selbst da wie das Streifenhörnchen seines Sohnes und zuckte nur noch. Die Katze war stärker und schneller gewesen als er. Und eines war sicher: All die Schulden, die er aufgehäuft hatte, würde er nie mehr zurückzahlen und keines seiner Versprechungen mehr einlösen können. Anders als Hiob, war ihm nach all den Prüfungen kein glückliches Ende beschieden, und der Herr gab ihm auch seinen Reichtum nicht zurück, von einer Vermehrung oder Verdoppelung gar nicht zu reden, und es warteten auch keine weiteren 140 Jahre auf ihn.

Der letzte Schlag, der ihn im Juli 1979, viereinhalb Jahre nachdem seine Existenz als Vermittler von Sicherheiten beendet worden war, traf, machte alle seine Hoffnungen zunichte. Seine Kräfte waren endgültig dahin. Die alten Schulden würden auf seine Frau übergehen und die neuen hatte nun sein Sohn zu schultern. Slavik hatte jetzt nur noch eine Option, um die finanzielle Last für die Zurückbleibenden ein wenig abzumildern. Vielleicht brachte ihn ein Theaterstück, das er vor einigen Jahren einmal mit seiner Frau zusammen bei einem der gemeinsamen Theaterabende gesehen hatte, auf diese Idee. Es wurde darin die Geschichte von Willy Loman erzählt, eines

Vertreters, so wie er alt und müde. Auch er hatte seinen Job verloren und brauchte Geld, um seinem Sohn den Start ins Leben zu ermöglichen. Und so fuhr er mit dem Auto los, nachdem er sich vergewissert hatte, dass die Prämien bezahlt waren, und machte das letzte große Geschäft seines Lebens. Den Hinterbliebenen brachte es 20.000 Dollar, soviel zahlte die Versicherung für den tödlichen Unfall.

Wenn Slavik tot wäre, dann müsste die Gesellschaft, die sein Leben versichert hatte, zahlen. Das Geld würde seine Frau erhalten, und sie musste nur geschickt genug sein, um es dem Zugriff der Gläubiger zu entziehen. Mit seinem Tod konnte er noch ein letztes Mal nützlich sein und zumindest die Last seiner Hinterlassenschaft ein wenig mindern.

Auf dieser Welt konnte er nichts mehr ausrichten. Er war verstummt. Es hatte ihm die Sprache verschlagen. Seine Zunge versagte ihm ihre Dienste. Der Allmächtige rief ihn in sein Reich, und er hoffte auf die Herrlichkeit des Jenseits. Das war die allerletzte Karte, die er noch in der Hinterhand und auf die er gesetzt hatte. Das war doch die einzige Sicherheit: Ein Versprechen auf ein anderes Leben. Und wenn das irdische Leben selbst schon die Hölle war, dann konnte ja nur noch eine Erlösung im Himmel auf ihn warten.

Und gleichzeitig würde er mit dieser Überzeugung sein letztes großes Geschäft auf Erden machen. Er ließ sich sein Leben in voller Höhe auszahlen. Das Geld würde zwar nicht reichen, aber es wäre das beste Geschäft, das er jetzt noch machen konnte. Es war die einzig erfolgversprechende Zahl, auf die er jetzt noch setzen konnte. Er würde seine diesseitige Existenz beenden und in der Hoffnung und Gewissheit entschlafen, dass es ein anderes Leben gibt, und er würde dann hoch oben auf einer der Wolkenbänke sitzen und von dort aus hinabschauen, auf das Schicksal seiner Kinder, seiner Frau und Anverwandten. Einen letzten Wechsel würde er auf die Zukunft ziehen und ein letztes Mal die Kugel rollen lassen. Und zumindest auf der Erde würde es einen sechsstelligen Gewinn geben.

Was auch immer seine Überlegungen gewesen waren, und es ist keineswegs sicher, dass er überhaupt noch klar denken konnte. Vielleicht nahm er einfach von einigen der Tabletten zu viele oder zu wenige oder es hatte ihn einfach nur der Lebensmut verlassen. Sein Tod jedenfalls bewahrte die Familie vor dem Allerschlimmsten. Mit dem Geld der Versicherung konnten zwar nicht die Schulden getilgt, aber doch die wichtigsten Ausgaben bestritten werden, so dass das neue Haus nicht auch noch verloren ging.

Am 11. Januar 1980 wachte er einfach nicht mehr auf. Man begrub Slavik an einem kalten Januarmorgen des noch jungen Jahres 1980 auf dem Nordfriedhof, man weinte um ihn, und dann wandten sich alle wieder ihren eigenen Angelegenheiten zu.

Sein älterer Bruder war bereits einige Jahre vorher gestorben. Ihren gemeinsamen Vater hatte Slavik als junger Mann einmal besucht, aber das Treffen war so enttäuschend verlaufen, dass er jeden weiteren Kontakt vermieden hatte.

Slaviks Mutter hatte im fortgeschrittenen Alter noch einen pensionierten Oberstudienrat geheiratet und war zu ihm in ein Dorf ins Münsterland gezogen. Nach seinem Tod lebte sie von der gut bemessenen Witwenpension und seinen Ersparnissen in einem niedersächsischen Kurort und hatte Angst um ihr Geld. 1988 beendete sie im Alter von 87 Jahren durch einen Sprung vom Balkon, der sich im ersten Stock eines Wohnhauses befand, und zwar nicht in einen Fluss, sondern in die Fußgängerzone des Kurortes, ihr Leben. Sie litt unter Verfolgungswahn und bildete sich ein, dass ihre Schwiegertochter und ihre Enkel – also die Kinder und die Frau Slaviks – ihr nach dem Leben trachteten, weil sie es auf ihr Geld abgesehen hatten. Vielleicht hatte zu ihrer Paranoia nicht unwesentlich ihr schlechtes Gewissen darüber beigetragen, dass sie ihren Sohn seinerzeit einfach weggeben hatte und ihm nie eine richtige, geschweige denn eine gute Mutter gewesen war.

VII

So also könnte man die Geschichte von Slavik erzählen. Ich habe ihn Slavik genannt, obwohl das nicht sein richtiger Name war, auch nicht Slavinski. Alle Namen habe ich erfunden, denn es handelt sich um eine wahre Geschichte.

Alles wurde aus Akten, Briefen, Dokumenten, Erinnerungen und Erzählungen rekonstruiert. Die Zitate entstammen echten Dokumenten. Dort, wo Belege und Beweise fehlten, wurden die Lücken möglichst geschickt überbrückt oder mit Hilfe der Phantasie gefüllt. Da es hier um die Geschichte eines Mannes geht, der in unterschiedlichen Welten lebte und einige Seiten seiner Existenz mit großer Geschicklichkeit verbarg, waren diese Lücken recht groß.